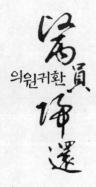

의원귀환

FANTASTIC ORIENTAL HEROES

성상영 新무협 판타지 소설

의원귀환 1

성상영 新무협 판타지 소설

초판 1쇄 찍은 날 § 2014년 2월 26일
초판 1쇄 펴낸 날 § 2014년 3월 6일

지은이 § 성상영
펴낸이 § 서경석

편집부장 § 권태완
편집책임 § 박가연

펴낸곳 § 도서출판 청어람
등록번호 § 제1081-1-89호
등록일자 § 1999. 5. 31
어람번호 § 제2-2471호

주소 § 경기도 부천시 원미구 부일로 483번길 40 서경B/D 3F (우) 420-822
전화 § 032-656-4452 팩스 § 032-656-4453
http://www.chungeoram.com
E-mail § chungeorambook@daum.net

© 성상영, 2014

ISBN 979-11-5681-905-9 04810
ISBN 979-11-5681-904-2 (세트)

성상영 新무협 판타지 소설

醫員歸還

의원귀환

1

FANTASTIC ORIENTAL HEROES

도서출판 청어람

序

"금의마선이 남겨놓은 이 사마밀환이라면, 천둔금쇄진에서 확실히 벗어나게 해줄 거예요."

미려하게 뻗은 눈썹과 이지적인 눈매를 가진 여인. 그녀는 환한 붉은색으로 빛을 발하고 있는 작은 구슬을 내어 보였다.

그녀의 곱디고운 섬섬옥수에 들린 보옥은 주변에 있는 모두가 느낄 정도로 강력한 파동을 발산하고 있었고, 모두가 그 보옥에 집중하고 있었다.

"모사재인 성사재천(謀事在人成事在天)이라고 했소. 만

약 그 귀물로도 우리가 벗어날 수 없다면……."

빛 한 점 없는 어두운 동혈 속에는 붉은빛을 발하는 보옥을 든 여인 외에도 다른 이가 몇 명 더 있었다.

그중 칠 척(七尺—1척:25cm)의 장신에 서글서글하고 준수한 외모를 가진 젊은 사내가 보옥을 든 여인의 말에 응하였다.

그리고 그가 말을 흐리자, 다시 보옥을 든 여인이 그 말을 받았다.

"우리 모두 여기서 뼈와 혼을 묻겠지요. 바로 저들처럼."

그녀는 주변에 널린 백골들을 가리켰다. 이 알 수 없는 장소에서 이미 죽은 지 오래되어 백골만 남은 것을 지적한 것이다.

여기는 어디인가? 그리고 이들은 대체 누구일까?

"인생은 언제나 한판의 도박판이라더니… 좋소. 해봅시다. 제갈 소저, 이제 어떻게 해야 하는 거요?"

제갈화린.

제갈세가의 기재로 제갈세가의 비전인 오행금신공을 대성하고, 젊은 나이임에도 검사지경(劍絲之境)에 올라 스스로가 초절정의 고수임을 증명한 천재 여인.

붉은 보옥을 들고 선 이 아름다운 미녀의 정체가 바로

이것이었다. 그럼 이 여인에게 말한 사내는 누구일까?

"모두 제가 말하는 방위로 서주세요. 그리고 신호를 하면 일제히 진기를 끌어 올려 이 사마밀환에 불어 넣어 야 해요. 할 수 있겠죠?"

모두가 고개를 끄덕이고 그녀의 지시대로 움직이기 시작했다.

그리고 그녀가 손을 들었다. 모두가 그녀의 손을 바라보고 있을 때, 그녀가 문득 입을 열어 말한다.

"진 소협. 만약 살아 돌아간다면, 저에게 청혼해 주세요."

그리고 그녀의 손이 내려갔다. 신호가 떨어진 것이다.

신비문파 선검문의 전인 진무룡, 제갈세가의 재녀 제갈화린, 독공의 고수로 알려진 독혈독수(毒血毒手) 당인, 개방의 장로 타개(打丐) 서문공, 벽력권의 달인 개산신권(開山神拳) 황보중호, 무공과 의술을 합하였다는 의무쌍수(醫武雙手) 장호.

이들 모두는 방금 전의 이야기를 곱씹으며 자신의 내공을 뽑아내어 사마밀환이라고 부르는 저주받은 보옥을 향해 불어 넣기 시작했다.

황밀교라고 칭하는 자들의 음모를 막기 위해서 출발

했던 그들이다. 황밀교의 음모에 당하여 이렇게 갇혀 버렸고, 삶을 도모하기 위한 마지막 발악을 시작하고 있었다.

그들의 염원을 담은 사이에 보옥이 빛을 발하기 시작했다. 그리고 이내 세상 전체가 하얗게 변하였다.

第一章

왜 나만 이런 건데?

대부분의 사람은 자신이
특별(特別)해지기를 원한다.
특별의 의미를 찾아보자면,
보통과는 아주 다른 무언가라고 되어 있다.
즉, 보통 사람들은 자신이 보통과는
아주 다른 사람이 되고 싶어 한다는 것이다.
그러나 이는 대단히 어리석은 일이다.
남과는 완전히 다른 무언가가 된다는 것이
반드시 좋은 결과로 이어지지는 않으니까.

강호야사 제갈곡

"어라?"

그는 익숙하다면 익숙하고, 익숙하지 않다면 익숙하지 않은 낯선 방바닥을 내려다보면서 자신도 모르게 소리를 내고 말았다.

"어라?"

그리고는 또다시 같은 소리를 내었다. 이게 지금 말이 되는 일인가? 하는 생각이 그의 머릿속에 떠오른 것이다.

그는 우선 자신의 두 손을 들어 펼쳐보았다. 그 손은

굳은살이 잔뜩 배기고, 작았으며, 상처가 가득했다.

이 역시 익숙하다면 익숙하고 익숙하지 않다면 익숙하지 않은 그런 손이었다. 그의 정신이 온건하다면, 이 손은 바로 자신이 열두 살 때의 손이었다.

열두 살.

그러니까 그가 아버지를 잃고 형제들과 어떻게든 살아남기 위해서 고군분투를 하던 시절의 손이란 말이었다.

그의 어머니는 그가 세 살 때 돌아가셨고, 그의 아버지는 그가 열 살 때 이름 모를 뱀에게 물려 시름시름 앓다가 죽었다.

그는 열 살 때부터 생업 전선에 뛰어들어야 했으며, 그의 큰형과 둘째 형도 마찬가지였다.

그가 자신의 손을 보고 열두 살 때의 손이라는 것을 정확히 안 것에는 이유가 있다.

그가 열두 살 때에 객잔의 잔심부름꾼으로 일하던 중 손을 깊이 베여서 상처를 입었던 적이 있었다.

그 상처가 지금 손에 나 있었다. 아직 덜 여문 상태 그대로.

그러니 이 손이 열두 살 때의 손이 아니고 뭐겠는가?

"이게 뭐야? 어째서? 뭐 땜시?"

문제는 거기에 있었다. 그는 분명 진무룡, 제갈화린, 당인, 서문공, 황보중과 같이 황밀교의 심처에 잠입했었지 않은가?

강호를 구하기 위한 일이었다.

황밀교는 백련교가 사라지고 나서 나타난 곳으로, 스스로를 고대 신선들의 도를 구현했다고 말하는 자들이었다.

명나라가 세워진 지가 벌써 이백 년이 넘은 지 오래이다. 홍무제 주원장이 명제국을 설립한 이래로 많은 황제가 나라를 운영하였고, 지금은 태창제가 즉위하여 나라를 돌보는 중이었다.

강호사에 의하면 이백 년 전 영락제의 사건 이후로 강호에서는 사교라고 할 만한 자들이 거의 사라졌다.

그 이후에도 크고 작은 사교 무리가 생기긴 했으나, 다들 강성해지지 못하였던 것이다.

마교라고 하는 자들도 모습을 드러내지 않은 지가 백 년이나 되었고, 강호는 나름대로 사악한 적이나 마두가 없어진 상황이었다.

대신 끊임없이 강호문파끼리 싸웠다.

이제 와서는 사파냐 정파냐 하는 것도 없었다. 그저 자신들의 사업과 이권, 세력을 지키기 위한 이전투구가 여기저기에서 벌어지고 있는 중이었다.

대적할 만한 절대적인 악이나 적이 없다 보니 내부로 썩어들어 간 탓이다.

그것은 강호문파의 문제만이 아니었다. 명제국도 부패가 극심해졌고, 정치가 문란해진 상황이었다.

그런 상황에서 황밀교라 칭하는 집단이 나타나 세력을 크게 키웠고, 강호는 오랜만에 하나로 뭉쳐지게 되었다.

그리고 그는 우연히 황밀교의 비밀스러운 음모를 막기 위한 일에 동참하게 된다.

그는 절정고수의 실력을 가지고 있었는데, 의술에도 조예가 깊었다.

그가 그렇게 된 것에는 여러 가지 우여곡절이 있었지만, 여하튼 의술과 무공 둘 다 뛰어난 능력을 가졌기에 그들 일행과 같이했었다.

위급상황 시에 의술이 필요하기 때문.

그것이 그의 나이 서른다섯의 일이었다.

그런데 지금 상황은 무언가 이상했다.

어째서 자신이 열두 살의 어린 몸을 하고서, 열두 살에 살았던 자신의 집에서 눈을 뜬 거란 말인가?

이게 말이 되는 일일까?

반 시진은 흘렀을까? 그는 이런저런 생각에 골몰해 있었다.

마지막의 순간에 황밀교의 심처에서 그들은 세상을 뒤집을 만한 음모와 마주치게 된다.

그것을 해결하는 와중에 천둔금쇄진에 갇히게 되고 말았는데, 그곳을 탈출하려고 그들은 무리한 일을 하게 되었었다.

그리고는 지금 이 꼴이다.

그는 무려 이십삼 년 전으로 되돌아와 있는 것이다.

이십삼 년. 누군가에게는 길고, 누군가에게는 짧은 그런 시간이었다.

어째서 이렇게 되었을까? 그것에 대한 것은 이미 답이 나왔다. 그러나 그 답이라는 것이 도저히 납득할 수 없는 것이어서 그랬을 뿐이다.

그 답이라는 것이 무엇일까?

바로 천둔금쇄진을 탈출하기 위해서 행했던 일이 답이라고 추측하였다.

천둔금쇄진.

그것은 지금 강호제일두뇌라고 불리는 제갈세가에서도 전설로 여겨지는 진법이다.

신선을 잡아 가둘 수도 있다고 알려진 전설적인 진법

으로, 그 안에서는 시간과 공간이 분리된다는 이야기가 있다고 제갈화린은 말했었다.

그들은 그 천둔금쇄진에 갇혀 버렸고, 황밀교와 싸우다가 얻게 된 기괴한 보옥인 사마밀환을 사용하기로 결정했었다.

사마밀환이란 금의마선이라는 자가 만들어낸 것으로써, 전설에 따르면 이백 년 전 주원장이 백련교와 대립하던 시절에 만들어졌다고 했다.

그 안에는 이 세상 모든 사마의 밀법과 주술, 그리고 비의가 담겨 있다고 하는 귀물로써 보통의 인물은 만질 수도 없는 물건이었다.

제갈화린은 그것의 사용법을 일부 알고 있었고, 그걸 이용해 천둔금쇄진을 탈출하기로 했었다.

그때 무슨 변괴가 생긴 것이 분명하다. 그 외에는 이유를 설명할 수가 없으니까.

정확하게 사마밀환이 어떤 힘을 발휘해서 이렇게 된 것인지는 모르겠으나, 이렇게 만든 원인이 사마밀환에 있다는 것은 확실해 보였다.

하지만 문제는 그것이 아니다. 이 일이 자신에게만 벌어진 것인가? 하는 점이다.

다른 사람들은 어떨까?

그 당시 사마밀환에 있던 자 모두 자신과 같은 일을 겪은 것일까?

그리고 만약 그 자신만 이런 상황에 처했다면 그 이유는 무엇일까?

사실 그들 일행 중에서 가장 비중이 떨어지는 사람을 꼽자면 바로 그라고 할 수 있었다.

이유는 별게 아니다.

그 일행 전원이 초절정의 고수였기 때문이었다.

열두 살인 지금도 그렇지만, 이십삼 년 후인 미래에도 초절정의 고수는 많지가 않았다.

강호를 통틀어 채 백 명도 되지 않기 때문이다. 그 당시의 일행은 정말로 강호를 대표하는 젊은 고수들이었다.

비록 그가 절정고수이며 의술까지 높은 수준에 이르렀다지만 딱히 대단하다고 할 만한 자는 아니었다.

왜 나일까?

그는 과거로 돌아오면 뭐가 좋은지 생각해 보았다.

우선 빠르게 강해질 수 있다는 점이 있다.

그리고 남들이 모르는 미래의 일을 알고 있다는 점이 있다.

이 두 가지만 해도 엄청난 혜택이 아닐 수가 없다. 그

런데 하필이면 자신 같은 가장 비중이 떨어지는 사람이
과거로 되돌아온 것이냐는 거다.

운명의 장난인가? 아니면 그냥 우연히 이렇게 된 것일
까?

그것도 아니면 그날 그 자리에 있던 이들 전원이 자신
처럼 과거로 돌아왔을까?

"하아. 모르겠다."

그는 생각하기를 그만두었다.

그가 그래도 나이 서른다섯에 절정고수가 될 수 있었
던 것은 이렇듯 여러 가지를 생각하는 버릇 때문이기는
했다.

하지만 답이 나오지 않는 상황에 대해서 미련하게 계
속 매달려 있을 생각은 없었다. 그런 것은 어리석은 일이
었으니까.

그를 가르친 스승은 한 권의 고서다.

그 고서의 저자는 스스로를 만통자라고 하였다. 만통
자는 무공으로 대성하기 위해서는 의술에 해박해야 한다
는 주장을 펼쳤는데, 장호는 그 책을 우연히 구하여 수련
하여 고수가 되었던 것이다.

실제로 고서에는 한 가지 내공심법과 의술이 적혀 있
는 것이 다였다.

그 의술이라는 것이 상당히 자세하고, 또한 꽤나 수준 높기는 했다.

결국 그의 주장대로 장호는 의서를 익히고 내공심법을 수련하면서 다른 무공들을 섭렵하여 고수가 되었었다.

내공심법은 원접신공이라고 하는데, 뜻을 풀이하자면 근원과 접한다는 그런 의미를 가진 내공심법이었다.

그가 강호에서 여러 무공을 견식한 바에 따르면 신공절학이라고 할 수는 없으나 나름대로 상승의 무공이라고 할 만했다.

"그나저나… 어쩐다."

그는 잠시 앉아서 고민했다. 이제 겨우 열두 살의 장호다. 그가 무공을 익히기 시작한 것은 사실상 늦은 나이인 열여섯 살 때의 일.

그 당시 일하던 객잔에서 일어났던 강호인 간의 다툼 뒤에 남은 시체를 치우던 중에 고서를 얻게 되었던 것이 인연이 되었었다.

원접신공이야 이미 익히 알고 있고, 의술도 전부 기억한다.

수십 년간 사용해 왔고, 수련해 온 것이니 모를 리가 있을까?

그러니 이제 와서 다시 그 책을 접하기 위해서 고생하거나 노력할 필요도 없는 것이다.

그러면 역시 무공과 의술을 수련하는 것이 맞다.

당연하지! 이 풍진강호에서 살아남으려면 스스로가 쌓은 무력은 중요한 요소.

의술도 그러하다. 단지 살아남는 것을 넘어서 사람답게 살아가기 위해서도 필요하다.

그러면 당장 필요한 것은 뭘까?

그에 대해서 깊이 생각하려 하던 때였다.

덜컹.

문이 열리고 신선하고 차가운 바람이 들어온다. 고개를 돌려 보자 그곳에는 역시 저 천장과 같이 익숙하지만, 오랫동안 보지 못했던 얼굴이 있었다.

핑 하고 자신도 모르게 눈에 눈물이 고였다. 심장이 두근거리고 몸이 뜨거워지는 기분이 들었다.

방금 전까지도 생각도 못하고 있었다는 것을 그는 깨달았다.

형.

"지금 일어나면 어떻게 하냐? 어여 일어나. 너 그러다 객잔에 늦겠다."

큰형 장일이 조금은 무덤덤한 얼굴로 문고리를 잡은

채로 자신을 보고 있었다. 열여섯 살의 어린 나이지만 그 눈에는 어른처럼 성숙한 빛이 감돌고 있었다.

큰형이다.

큰형이야.

그는 자신도 모르게 속으로 그렇게 두 번이나 외치고 말았다.

그가 고서를 얻고 아직 그 고서의 내용을 수련하기 전 의 일이었다.

그의 큰형은 전염병에 걸리고 말았고, 그대로 죽고 말 았다.

고서의 내용을 믿지 못하여, 혹은 자신에게 그런 기연 이 있을 리 없다고 생각하며 거들떠도 보지 않았던 때의 일.

얼마나 울었던가?

그것은 눈물이 아닌 분노이자 슬픔이었다.

그 이후로 고서를 다시 읽고 수련에 매진했었다. 그리 고 이제는 그런 전염병 따위는 쉽게 고칠 그런 실력이 되 었다.

주륵.

"어? 너 왜 울어?"

"형!"

그는 자신도 모르게 일어나서 형을 향해 달려들고 말았다.

큰형 장일은 당황한 듯 잠시 움찔했다.

그는 그런 형의 품에 파고 들어가 꼬옥 형을 끌어안았다.

책임감 강하고, 자상하고, 그리고 듬직한 그의 형은 죽지 않았다.

아직 죽지 않았다.

그리고 앞으로도 그의 형은 죽지 않을 것이다. 그렇게 만들고 말 것이다.

그는 그렇게 다짐하며 오열하였다.

*   *   *

"너 눈이 왜 그렇게 빨갛냐?"

텁석부리에다가 턱수염도 그득하게 기른 중년의 장한이 아직 소년인 그를 내려다보고 있었다.

그는 이 장한의 이름을 잘 알고 있었다.

그가 살았던 소도시의 이름은 이관. 인구 수천여 명이 사는 곳으로 객잔이라고 해봤자 여섯 개밖에 되지 않는 소도시였다.

그중 하나인 명가객잔의 주인은 명진서라고 하는 먹물 향이 나는 이름의 사람이었는데, 그 외모는 이렇게 보다 시피 학문과는 거리가 멀었다.

그의 부모가 글공부 잘하라고 비싸게 돈을 주고 지었 다는데, 지금은 떡대가 쩍 벌어진 거구를 지닌 채로 객잔 주인이 되어 있었다.

젊었을 적에는 그래도 삼류무사로 돌아다녔다고 하는 데, 요리 솜씨가 꽤 좋아서 단골손님도 제법 되는 가게였 다.

그리고 개인적으로 장호에게는 은인이기도 했다.

그가 장호 집안의 일을 듣고는 장호를 가엽게 여겨 어 린데도 객잔의 심부름꾼으로 쓰고 있었으니까.

저렇게 무섭게 생겼지만 호탕한데다가 의리도 깊고 인 정도 많은 사람이 바로 명진서였다.

"아침에 조금 울었어요."

"응? 울어? 왜?"

"넘어져서 부딪쳐서요."

"아프다고 울어? 사내놈이 그게 뭐냐? 그 고추 떼라. 네가 계집애야?"

그 목소리를 들으니 어째서인지 웃음이 나왔다. 이십 년도 더 넘게 들어본 적 없는 목소리였다.

강호를 종횡하면서는 까맣게 잊어버리고 있던 모습이었다.

그런데 지금 보니 너무 그리워서 형을 만났을 때처럼 눈물이 날 것 같은 기분마저 들었다.

"제 고추를 왜 떼요? 주인어른의 고추나 떼세요. 쓰지도 않으시면서."

장호는 자신이 강호를 다니던 때의 말투를 사용했다.

그러자 명진서가 요놈 봐라? 하는 얼굴을 하는 게 아닌가?

"요놈이 하루 쉬더니 말발이 좀 서네."

그런 반응에 장호는 아차! 하고 속으로 생각했다. 생각해 보니 자신은 열두 살의 어린아이가 아니던가?

그러고 보면 자신이 열두 살 때는 어떻게 지냈더라? 하고 고민해 보았다. 그러나 많은 것이 생각날 리가 없었다.

강호에 나선 이후에 정말 피 말리는 생활도 해보았던 터라 그랬다.

어떻게 할까? 하다가 그냥 에라 모르겠다는 심정이 되었다.

이제부터 그냥 똑똑한 꼬마 녀석으로 행세하면 될 것

이 아닌가?

"이제 일도 익숙해졌잖아요. 이 정도는 해야지."

"그러냐? 여하튼 청소부터 시작해. 곧 가게 문 열 시간이야."

"예!"

장호는 씩씩하게 답했다. 그리고는 주방으로 향했다.

희미하던 기억들이 이제는 확연하게 나기 시작했다.

비록 이십 년도 더 전이지만, 그래도 그가 몇 년간 일했던 곳이다.

고개를 한두 번 두리번거린 것으로 빗자루나 걸레 같은 것이 있는 곳을 찾아냈다.

우선은 빗자루질이다.

가게 안의 바닥을 쓸고, 그다음에는 물을 뿌리고 두툼한 걸레로 닦아내야 했다.

그러고 나서 해야 하는 일은 행주를 빨아다가 식탁과 의자를 닦는 일이다. 그것을 하고 나면 한 시진은 훌쩍 지나간다.

척.

빗자루를 찾아서 가게 안을 쓰는 동안에 계단으로 어슬렁거리면서 나이 스물은 되어 보이는 청년이 걸어 내려왔다.

장호는 그를 본 순간 어렸을 적의 기억을 떠올릴 수가 있었다.

점소이로 지내고 있는 허육이라는 사람이다.

털털하고 나름대로 성격도 좋은 그는 이 객잔에서 일한 지 벌써 이 년째.

지금은 아예 객잔의 한쪽 방을 자기 방으로 쓰고 있을 정도다.

이 객잔은 주인 명진서와 점소이 두 명 및 잔심부름꾼 하나, 그리고 명진서의 아내가 운영을 하고 있다는 것도 기억해 냈다.

잔소리가 조금 심하지만 제법 인정이 있는 명진서의 아내 전소연은 본래 기녀였던 여인이지만 명진서가 돈을 주고 기적에서 빼내어 결혼했다고 들었었다.

기녀라.

"흐아암. 뭐야, 벌써 청소 중이냐?"

"형이 늦게 일어난 거예요."

허육에게 말하자 그는 샐쭉한 표정을 지어 보였다.

"어쭈?"

"주인어른께 혼나도 전 몰라요."

슥슥.

빗자루로 먼지나 흙, 작은 돌조각 따위를 깨끗이 밀어
내는 일을 하면서 장호는 적당히 대꾸해 주었다.

그리고 오랜만에 하는 일임에도 손에 착착 감긴다는
생각을 했다.

"이크. 그렇지, 그렇지."

허육이 냉큼 객잔 뒤로 뛰어갔다.

점소이 두 명은 각기 서로 다른 시간대에 일한다. 허육
이 일어났으니 또 다른 점소이인 정소는 자고 있을 것이
다.

객잔이라는 것이 언제 손님이 올 줄 모르기·때문에 보
통은 하루 열두 시진 동안 문을 열고 있는 것이 보통이니
당연한 일이었다.

빗자루로 먼지를 쓸어내고 아까 생각한 대로 물을 뿌
려 물걸레질까지 끝마쳤을 때 객잔에 머무는 손님들이
객실에서 내려오는 것이 보였다.

모두 이미 옷을 차려입었는데, 장호가 보기에 중원을
돌아다니는 상인들과 그 상인들을 보호하는 보표들로 보
였다.

"보표들이 제법 강하네. 어라, 망했다던 금련표국 아
냐? 맞아. 그러고 보니 금련표국이 망하는 건 십 년 후라
고 했었지."

분명 이십 년도 더 전에 장호는 저들을 보았을 터다. 그러나 그 당시에는 무심코 지나갔을 그들의 행색을 지금은 노강호라도 되는 양 품평을 하고 말았다.

게다가 해서는 안 되는 말도 했다.

금련표국(金蓮鏢局)은 그 어원인 금빛 연꽃이라는 말에서 알 수 있듯이 소림사의 속가 제자인 번청산이라는 사람이 세운 표국이었다.

표국은 운송을 전문으로 하는 일종의 업소로서 각지의 강도, 산적, 수적들에게서 물건을 안전하게 보호하기 위하여 표사라고 부르는 무인들을 보유한 집단이다.

소림사 제일속가제자라고도 부를 정도로 고강한 고수였던 번청산이 같은 소림사의 속가제자들을 끌어모아 연 것이 금련표국으로 강호에 무려 열두 개의 지부를 가진 거대한 집단이기도 했다.

그러나 그렇게 큰 성세를 자랑하던 금련표국도 지금부터 정확하게 십 년 후에 몰락하게 되는데, 그것은 백오십 년 전 등장했었던 광병살마라고 하는 광인이 만든 스물다섯 가지의 마병 중 하나인 혈룡아 때문임을 그는 알고 있었다.

그는 스스로 그 말을 중얼거려 놓고는 아차 싶었다.

이런 말은 함부로 하는 것이 아님을 그도 아는 까닭

이다.

다행히 아무도 듣지 않았지만, 다른 이가 이 이야기를 듣기라도 했으면 그는 죽을 수도 있었다.

강호라는 곳이 본래 그러한 곳이 아니던가?

조심해야지.

장호는 그렇게 생각하면서 느긋하게 객잔의 일을 끝내었다. 그런 장호는 분명 어제의 장호와는 전혀 다른 모습이었다.

*   *   *

원접신공은 신공이라고 거창하게 말을 붙였지만, 사실 그렇게 뛰어난 내공심법은 아니었다.

내공심법의 공능이 뛰어날수록 내공이 모이는 속도가 증가하고, 내공의 순수함이 더 높아지는 효과가 있다는 것은 강호에 널리 알려진 사실이다.

그런 강호의 기준으로 보면 원접신공은 내공을 모으는 속도는 이류심법에 준할 정도로 느린 편이었고, 내공의 순수함은 상승무공이라고 할 만한 수준이었다.

강호의 절대적인 종합평가로 보면 일류무공 정도?

그러나 원접신공에는 매우 뛰어난 기능이 두 가지 있

었는데, 하나는 그 어떤 내공과도 섞인다는 점이었다.

이는 원접신공이 타인의 몸을 치료하기 위해서 생겨난 무공이기 때문이었는데, 내가기공을 통한 내상 치료의 경우 서로 다른 종류의 내공인 이종진기로는 제대로 된 효험을 발휘할 수 없었다.

때문에 그 어떤 내공과도 화합할 수 있는 그런 순수한 내공을 모아야 했던 것이다.

두 번째로 원접신공은 절대로 주화입마를 일으키지 않는다는 점이다.

이 두 가지 장점 때문에 일류무공보다 조금 더 나은 상승무공으로 쳐준다.

비록 신공절학에 들어갈 정도는 아니지만, 이 원접신공은 어디를 가도 대접받을 그런 무공이었다.

다만 내공심법만 있었기 때문에 장호는 이후에 따로 무공을 또다시 배워야 했다.

보법, 권법, 장법, 검법, 암법 등 다양한 무공을 배워 사용한 것은 그런 이유였다.

그리고 실제로 그렇게 잡종 다양한 무공을 배우고 익혔기 때문인지 그는 강호에서 오랫동안 살아남을 수가 있었다.

천생이 궁금한 것은 참지를 못하는 성격이었고, 궁리

하기를 즐겨 했던 장호였다. 그런 기질이 무공에서도 발휘되어 그 어렵다는 절정고수가 된 것이다.

초절정고수가 많아 봐야 백 명 안팎이라는 강호무림이다. 절정고수의 수는 대략 천여 명쯤 된다고 알려져 있었다.

천여 명이면 많은 것 같아 보이지만, 강호 전체의 강호인의 수가 적어도 수십만은 된다고 하니 절정고수만 되어도 어디 가서도 거하게 대우를 받을 수 있는 신분이었다.

그러니 나름 성공한 삶이었다.

그러나 그런 그에게도 한은 있었다.

그의 두 형.

그 둘을 잃었던 과거다.

그는 그런 자신의 세월을 되새김질해 보다가 후우 하고 한숨을 내쉬었다. 어느 세월에 다시 그만한 내공을 모은단 말인가?

절정고수가 되었던 경험이 있어서 다시 절정의 고수가 되는 것은 그리 어려운 일은 아닐 것이다.

그러나 내공은 그렇지 않았다.

내공은 결국 시간과의 싸움이라는 것을 장호는 잘 알았다. 오래 수련할수록 더 정순하고 깊은 내공이 모인다.

혹은 영약이라고 부르는 귀물을 손에 넣어 섭취하든지.

하지만 영약을 먹는 것이 어디 쉬운 일이던가? 게다가 지금은 기초도 떼지 않은 상황이었다.

"여기가 좋겠어."

장호는 지금 내공 수련의 기초를 완성하려고 자리를 잡으러 온 상태였다.

원접신공도 그렇고 다른 무공도 그렇지만 단지 호흡만 한다고 내공이 모이는 것이 아니다.

내공을 모으기 위해서는 기에 민감해져야 했고, 그러한 신체로 몸을 다듬어야만 했다.

그것을 무공에서는 기초를 뗀다고 하며, 단전을 만든다고도 이야기를 한다.

그래야 제대로 내공 수련을 할 수 있기 때문이다.

장호는 도시 외곽에 위치한 집의 뒷산의 한적한 곳에 올라와서는 넓적한 바위를 하나 찾아냈다.

이 산은 그리 큰 산은 아니라서 맹수는 살지 않았다. 게다가 원접신공은 주화입마에 걸릴 위험이 아예 없다시피 한 내공심법이니 그저 인적만 없으면 되었다.

그는 바위에 앉아서 아래를 내려다보았다. 저 아래에 그의 집이 있었다.

과거로 돌아온 지가 이제 겨우 하루가 지났다.

눈만 감으면 이게 꿈처럼 느껴지고, 바로 어제 있었던 황밀교의 절진 속 일이 생생했다.

자신은 지금 꿈을 꾸고 있는 것일까? 아니면 현실을 살아가고 있는 것일까?

그것은 알 수 없다.

하지만 중요한 문제는 아니라고 그는 생각했다.

지금 중요한 것은 내일을 위한 한 걸음이다.

第二章

어째 예전보다 빠르네

무언가에 대한 경험은
사람을 더 능숙하게 만들어준다.

학자

의원귀환

장호는 큰형이 일을 준비하는 것을 보았다. 곡괭이와 쇠스랑을 지게에 지고 삽도 하나 들었다.

밭을 일구려는 행색.

장호의 큰형 장일은 농사를 짓는다. 자신의 땅이 아닌 이 근방의 지주의 땅을 빌려 농사를 짓는 것이다.

흔히 소작을 붙인다고 하는 것으로, 큰형인 장일은 열네 살 때부터 그 일을 했다. 그래도 근면하고 성실해서 농사는 썩 잘 지었다.

덕분에 둘째 형인 장삼과 막내인 장호를 먹여 살릴 수

있었다.

빈궁하지만 굶어 죽지 않는 것이 어디인가.

어렸을 적만 해도 장호는 그런 집안을 그리 좋아하지는 않았다. 그러나 지금은 전혀 다른 시각으로 보였다.

좋아하지 않을 수가 없지 않을까?

두 동생을 먹여 살리겠다고 고생하는 저 등을 보고 있자면 눈물이 나고 만다.

형이 볼 새라 손을 들어 얼른 눈물을 닦아냈다. 나이가 어려져서 그런지 강호를 돌아다닐 때 같지 않다는 생각을 문득 했다.

눈물 따위 말라 버린 줄 알았는데.

그러다가 피식 웃고 만다.

눈물이 많아진 것이 어찌 나쁘다 하겠나? 그만큼 여기가, 그리고 이 시간이 행복하다고 말할 수 있으리라.

"형. 일 가?"

"어. 너는 오늘 쉬는 날이야?"

"응."

"그래. 그럼 푹 쉬어."

"근데 삼 형은 어디 갔어?"

어제는 미처 묻지 못했던 말을 장호가 물었다. 둘째인 장삼이 보이지 않으니 이상했다.

"손 장자 댁에 가서 회갑 잔치 준비 중이잖냐. 잊어먹지 말라고 했잖아?"

"아, 그랬었지."

손 장자.

장호는 기억해 냈다.

본명은 손근호라는 사람인데도 손 장자라고 불리는 것은 그가 이 이관 제일의 부호이기 때문이다. 본래 장자라는 말 자체가 부호에게 붙는 별명 같은 것이라 다들 그렇게 부르고 있었던 것.

그런 손 장자의 아들은 이관의 현령이기까지 했는데, 덕분에 손 장자는 이관에서 가장 힘센 사람이라고도 할 수 있었다.

동시에 장호는 한 가지를 더 기억해 냈다. 손 장자의 회갑 잔치는 정말 떠들썩했고, 무당파의 직전제자로 들어갔었던 손 장자의 손자가 오는 날이기도 했다.

그로 인하여 그 손 장자의 손자가 죽게 되지만.

그렇다 할지라도 장호의 가족에게 별일이 생기는 것은 아니다. 그때도 그런 일은 없었으니까.

"삼 형은 언제 올까?"

"잔치 끝나야 올 거야. 여하튼 형은 갔다 올 테니까 쉬고 있어. 알았지?"

장호는 짐을 챙겨 나가려는 장일을 보면서 속으로 고민했다. 큰형의 밭일을 도우러 같이 갈 것인가? 아니면 집에 남아서 내공 수련을 할 것인가?

과거 어린아이였을 때에는 노는 게 좋다고 집에서 하루 종일 잠을 잤었다.

형 생각은 안 하고 놀고 있었으니, 지금 생각해 보면 어찌 그리 철이 없었을까 하는 생각만 든다.

그래서 고민하는 거다.

형을 도울 것인가? 수련을 할 것인가?

수련도 중요한 일이다.

내공이 모일수록 몸의 피로를 빠르게 회복할 수 있게 되고, 그러면 여러 가지 외부적인 활동을 더 활발히 할 수 있었다.

어떻게 할까?

그렇게 고민하는 사이에 형이 문가를 떠나 저 멀리 길가로 향하고 있는 게 보였다. 그걸 보면서 결국 장호는 결심했다.

"형, 조금만 더 기다려. 내가 곧……."

그리고 그대로 문을 닫아걸고 앉아 좌선을 하였다.

＊　　　＊　　　＊

내공 수련은 보통 좌선을 하고 앉아서 한다. 그것이 주변의 기운을 흡수하는 데에 도움이 되기 때문이다.

내공의 기본은 호흡.

입과 코를 통하여 공기를 통해 아주 미세한 진기도 흡수한다. 그리고 그것을 단전에 쌓는 것이 기본이다.

물론 이 외에도 여러 가지 방법이 있지만 기본은 그랬다. 원접신공도 그러한 무공이다.

좌선을 하고 앉아서 단전에 내공을 모을 것.

"후우."

한 줌의 숨을 들이킨다. 그것은 그대로 폐로 향하고, 폐에서 공기와 진기 흔들거렸다. 내버려 두면 이대로 숨을 내뱉을 때 진기도 같이 나가 버린다.

그 순간 장호는 횡격막을 독특하게 움직였다. 근육의 움직임에 살짝 힘을 주었던 것이다.

그러자 곧 뱉어지는 숨과 다르게 진기는 폐에 남게 되었다.

그 진기는 그대로 몸 안의 피의 흐름에 따라 움직인다. 이것이 바로 운기조식의 시작.

장호는 혈류의 흐름과 같이 움직이는 진기의 움직임을 느끼지 못한다.

그것은 적어도 절정고수가 되지 않는 이상 다들 느끼지 못하는 일이다.

그렇다면 피에 녹아든 기운을 어떻게 제어하는가?

여기서 중요한 것이 바로 박자이다. 박자에 맞추어, 그리고 순서에 맞추어 각 혈도의 근육에 조금씩 힘을 주는 것.

그렇게 함으로써 혈류의 흐름에 변화를 주고, 최종적으로 단전에 이 미세한 기운을 쌓게 만드는 거였다.

장호는 그렇게 했다.

자신의 몸의 흐름을 조용히 느끼면서 정해진 순서와 시간대로 근육에 힘을 주어 내기가 모이게 만들었다.

그러기를 무려 두 시간이나 했을까.

장호는 단전이 따스해지는 것을 느꼈다. 내기가 모이기 시작한 것이다. 어제 기초를 떼고, 오늘은 내기가 아주 자연스럽게 모였다.

장호는 내기를 느끼고는 눈을 떴다. 그리고는 좋아하지 않고 도리어 고개를 갸웃하기 시작했다.

"으응? 이상하다. 이렇게 빠를 리가 없는데……."

장호는 기뻐하지 않고 의문을 나타내었다.

그것에는 이유가 있었다. 그의 말대로 너무 빠른 탓이다.

보통 기초를 뗀다고 해도 내기를 느낄 정도가 되려면 재능이 넘치면 칠 일, 빠르면 한 달, 느리면 석 달은 걸리게 마련.

장호는 사실 책을 보고 수련했기 때문에 거의 반년도 넘게 걸렸었다.

그런데 하루 만에 내기가 느껴지다니?

"어째서? 으응? 내가 모르는 뭔가가 있었나?"

장호는 자신도 모르게 자기 스스로에게 묻고 말았다. 그건 그의 버릇이자 그가 강해진 원동력이다.

"우선은 좋은 일이긴 한데……."

내기를 빠르게 느꼈다는 것은 좋은 일이다. 이로써 본격적인 내공 수련을 할 수가 있으니까.

내공 수련이란 빨리할수록 좋다는 것은 그야말로 상식.

사실 무공 전부가 다 그렇다. 권법 같은 외공들도 몸의 근육이 굳기 전인 어렸을 때부터 하면 좋은 것이다.

"이 현상이 왜 벌어진 것인지는 나중에 알아봐야겠구나. 지금은 내공을 모으는 쪽이 더 중요하니까."

장호는 자신이 강호를 떠돌다가 알게 된 유가밀문의 체법을 수련하기 시작했다.

이는 몸의 근육을 부드럽게 만들어주는 효과가 있어서

무공수련에 도움을 주는 체법이었는데, 실제로 이후 장호는 무공이 한층 진일보한 적이 있었다.

유가밀문의 체법으로 몸을 풀어준 장호는 다시금 앉아서 큰형인 장일이 돌아오기 전까지 내공 수련에 빠져들었다.

＊　　＊　　＊

장호의 하루는 이러했다.

새벽에 일찍 일어나 객잔에 가서 잔심부름을 한다. 거의 여섯 시진을 꼬박 일하다가 집에 들어와서는 곯아떨어지는 것이다.

잠은 거의 다섯 시진은 잤다. 그러다 보니 여가 시간은 겨우 한 시진 남짓이다. 어린아이의 몸이다 보니 어쩔 수 없었다.

그러나 그것은 어제까지의 하루다. 오늘부터의 하루는 달랐다. 장호는 아침에 일어나서 약 반 시진 정도 유가밀문의 체법을 수련했다.

몸의 유연성은 무공을 익히는 데에 중요한 밑거름 중의 하나이기 때문이었다.

"으가각."

두 다리를 벌리고 서서 땅에다 손을 댄다. 손바닥이 땅에 닿도록 쭈욱 늘이다가 다시 편다.

이야기에 따르면 유가밀문의 내공심법까지 손에 넣으면 어지간한 타격은 무시하는 몸을 지니게 되고, 몸의 근육과 뼈를 자유자재로 제어하여 축골공 저리 가라고 할 정도의 신체를 손에 넣는다고 했다.

그러나 아쉽게도 장호는 유가밀문의 내공심법까지 얻지는 못했다.

"후우. 식은땀 나네."

장호는 겨우 반 시진 가지고 땀이 흐르는 자신의 몸을 바라보았다.

"웅? 이게 무슨 냄새야?"

쿵! 하고 코를 한번 씰룩였다. 그의 몸에서 매캐한 냄새가 나고 있었다.

"어라. 이거 설마……."

그는 자신의 땀을 한번 손으로 스윽 닦아낸 다음 입에 쏙 넣어버렸다. 쫍쫍 하고 빨자 쓰디쓴 맛이 느껴졌다.

보통 땀이 짜기는 하다만 이렇게 쓴맛이 나지는 않는다.

이런 경우는 단지 하나뿐!

"뭐야? 몸 안의 노폐물이 나오는 건가? 어째서?"

그는 의문에 휩싸였다.

유가밀문의 체법에 이런 효과가 있었을 줄이야? 그가 유가밀문의 체법을 얻어 수련한 것이 그의 나이 스물다섯 때의 일이다. 그로부터 십 년간 수련해서 몸이 유연해지긴 했으나 이렇게 몸에서 노폐물이 흘러나오는 효과는 없었다.

노폐물이 흘러나온다는 것은 무척이나 좋은 일이라는 것을 장호는 잘 알고 있었다.

아기일 때에 절대고수가 벌모세수를 해주고, 자라나는 동안에도 계속해서 내기로 몸 안을 정화해 주면 내기가 원활하게 소통할 수 있다.

몸 안의 노폐물이 내기를 움직이는 것을 방해하는 탓이다.

또한 노폐물이 빠져나가면 육체의 성장이 빨라지고 육체가 더 강건해지는 효과도 있었다.

무식한 무인들은 노폐물이 빠져나가면 좋다는 정도만 알지만 의원이기도 한 장호는 의학적 관점에서 더 많은 정보를 알고 있었다.

골똘히 생각하던 장호는 자신의 몸 내부를 느껴보다가 한 가지를 더 깨닫고서 화들짝 놀랐다.

"허? 내공이 사라졌잖아?"

어제만 해도 내기를 느끼고 쥐 손톱만 한 기운을 단전에 담아두었었다. 그런데 단전의 내공이 없어진 것이다.

어째서 이렇게 된 것일까?

"으음."

그는 가설을 세워보았다.

내기가 사라졌고, 노폐물이 빠져나왔다.

즉, 단전의 내기가 육체에 작용하여 노폐물을 빠져나가게 만든 대신에 소멸되었다?

"추측이긴 하지만 정황상 이게 맞는 것 같은데……."

하지만 왜 그렇게 되었을까?

그는 유가밀문의 체법을 자세히 궁구했다.

과거에는 이렇게까지 고민을 하지 않았었다.

당시엔 그저 몸을 유연하게 만드는 것에 주안점을 두었었고, 내공이 사라지거나 하지는 않았었으니까.

그는 잠시 생각하다가 유가밀문의 체법이 전신에 적당한 자극을 주고 그것이 원접심공의 내공에 영향을 끼쳤다는 사실을 깨달았다.

원접심공은 의원이 익히기 위해서 만든 내공심법이고, 치료의 효과가 뛰어나다.

아직 어린 장호의 몸은 사실 부실투성이의 몸.

그런 상태에서 유가밀문의 체법이 육체에 자극을 주자

몸을 치유하고자 스스로 움직인 것이었다.

그리고 동시에 몸의 노폐물을 밖으로 빠져나가게 한 것.

그렇다면 왜 전생에는 이런 효과를 보지 못하였을까?

그때에는 이미 육체가 강건한 상태였다. 유가밀문의 체법에 자극을 당하여 내공이 사라질 정도는 아니었던 것이다.

결국 우연과 우연이 겹쳐서 생긴 기연이나 다름이 없었다.

비록 내기가 사라졌으나 노폐물을 제거하여 벌모세수의 효과를 볼 수 있다면 과거보다 더 빠르게 내공을 모을 수 있기 때문이었다.

"허, 기연이 멀리 있는 것이 아니로구나."

장호는 자신도 모르게 허허 하고 웃고 말았다.

"좋아. 그렇다면……."

대기만성이라고 했다.

그 뜻은 큰 그릇은 늦게 채워진다는 것으로, 그런 것이라면 얼마든지 감내할 요량이었다.

그가 기억하기로 그의 큰형은 그의 나이 열일곱에 죽는다.

그것은 큰형뿐만 아니라 작은 형도 마찬가지였다.

큰형 장일, 작은형 장삼.

둘 다 전염병으로 잃게 된다. 지금 그의 나이가 이제 열둘이니 이제 오 년 남은 셈이었다.

그사이에 별다른 사건은 없었다. 언제나 같은 일상이었으니까.

두 형을 잃고 난 다음에도 바로 강호에 나간 것은 아니었다. 무공을 익혔지만 여전히 점소이로 일했었다.

즉, 지금 시점에서 그가 강호로 나가게 된 것은 무려 구 년의 시간이 지난 후였다.

너무나도 충분한 시간이었다.

시간 계산을 해본 그는 한 가지를 결심했다.

일 년간 유가밀문의 체법으로 대기(大器)를 만들고 말테다.

그는 그렇게 결심했다.

"그나저나 일 가기 전에 좀 씻어야겠다."

그는 집 뒤쪽에 있는 물을 담은 항아리로 향했다. 어서 씻지 않으면 늦고 말 것이다.

*   *   *

"오향장육 삼 인분에 고기만두 이 인분, 화주 두 병 있습니다!"

저녁.

명진서의 객잔에는 꽤 많은 사람이 있었다. 일전에 왔던 금련표국의 사람들이 아직도 떠나고 있지 않은 탓이다.

금련표국은 표국이지만 상인들의 호위도 한다. 그들이 호위하는 상인들이 이관에 머물면서 몇 가지 거래를 하고 있었기에 그들도 며칠간 소도시 이관에서 체류하고 있었다.

이관은 약초를 판다.

주변이 전부 산인지라 약초꾼들이 약초를 캐다가 약방에 팔았던 것이다.

약방은 그런 약초와 약재들을 잘 준비하여 두었다가 상인들이 오면 판다.

당연한 일이지만 아무 상인한테 다 파는 것이 아니다. 일정한 거래처가 있었고, 그들과만 상급의 약재를 거래하였다.

어중이떠중이 상인들에게는 중급에서 하급의 약재만 팔았다.

이관에는 약방만 해도 열두 개나 있다. 약초꾼의 수가 많다 보니, 약방도 많은 탓이다.

게다가 직접 약초를 재배하는 약방도 있었다. 농지 중 일부를 약초밭으로 사용하는 곳이었다.

장호의 큰형 장일이 하는 농사일도 사실은 약초밭을 가꾸는 일이었다. 그렇기에 아직 어린 장일도 일을 할 수 있는 것이다.

덕분에 명진서의 객잔은 꽤나 성업 중이었고, 장호는 때 아니게 격무에 시달려야 했다.

아따, 갑자기 되게 복잡스럽네. 옛날에도 이랬었었나?

속으로 투덜거리면서도 장호는 점소이들을 도와 음식을 날랐다. 본래 잔심부름꾼인 장호는 음식을 날라서는 안 되지만, 지금은 고양이 손이라도 빌려야 할 판이었기에 어쩔 수 없었다.

"이야, 이런 꼬마도 요새는 일을 하나?"

"무슨 소리를 하는 겐가? 저자에 얼어 죽거나 굶어 죽는 아이들이 널렸다네."

"그래? 세상이 어찌 되려고 그러는지."

장호는 옆에서 이야기를 나누는 금련표국의 표사들의 소리에 속으로 한숨을 내쉬었다.

그렇게 걱정되면 말만 나불거리지 말고 수고비라도 주든가.

장호는 한숨을 내쉬었다. 어서 빨리 일 끝내고 집에 가서 체법이나 수련하고 싶은 장호였다.

"그런데 국주님이 곧 합류하신다는 것이 정말이야?"

"진짜라더군."

"이유가 뭔가?"

"제갈세가의 금지옥엽이 절맥인 것은 알지?"

"그거야 유명한 일이지."

"그 아이의 치료를 위해서 성수의곡으로 향한다더군. 그 호위 때문이래."

"제갈세가는?"

"그들도 같이 오지."

"허허. 세가 놈들은 싸가지가 없는데……."

"그러게 말일세."

장호는 표사들의 말을 듣고 적잖이 놀라야 했다. 제갈세가의 금지옥엽? 그러면 그 제갈화린이 아니던가?

제갈화린과 장호의 나이는 대략 여섯 살 정도 차이가 났었다. 그러면 지금 제갈화린은 여섯 살일 터였다.

"제갈화린이라……."

제갈화린은 확실히 아름다웠다. 강호에서 살아남기 위해서 노력하고, 의술을 연구하며 익혔던 그로서는 사실 여인과 어떤 관계를 맺은 적이 없었다.

낭인처럼 소속 없이 살아가다 보니 더더욱 그랬던 것

인지도 몰랐다.

그랬던 그였지만, 그의 나이 서른 때에는 그래도 한곳에 정착을 했었다.

이미 그 당시에 그는 절정고수가 되어 있었기 때문에 기를 사용한 치료 덕분에 제법 유명해졌었다.

제갈화린을 만난 것이 바로 그때였다.

그녀는 아직 절맥을 치료하지 못했었고, 마침 장호가 의원을 개업한 마을 근처를 지나다가 어떤 마두의 한음장력(寒陰掌力)에 격타당하고 만다.

그녀의 절맥은 오음절맥으로서, 몸이 차가워져 죽음에 이를 수 있는 병이었다.

당시 그녀는 한음장력 덕에 음기가 발작하였고, 그런 그녀를 치료하여 다시금 정상으로 만든 것이 바로 장호 그였다.

물론 정상이라고는 하지만 완치는 아니었다.

한음장력의 음기를 제거하고 날뛰던 오음절맥의 음기를 제어한 정도였다.

그러나 그런 능력을 가진 의원의 수가 이 중원에 많은 것은 아니었으니 장호가 그녀의 은인이라고 할 만했다.

"지금은 코찔찔이겠지?"

장호는 히죽 웃고 말았다. 그가 과거 만났던 제갈화린

은 무척 아름답고, 도도하며, 또한 지적이고 이성적인 여인이었다.

그러나 지금은 그녀도 코찔찔이일 것이 뻔했다.

오음절맥의 영향으로 제갈세가에서도 특출 날 정도로 뛰어난 오성을 가졌다고 알려졌지만, 그렇다 해도 어차피 애는 애일 뿐.

"장호야! 뭐하냐! 어서 음식 날라라!"

"예!"

장호는 명진서의 말에 발에 불이 나도록 뛰었다.

*　　　*　　　*

"확실해. 이거 몸이 점점 외공의 고수들처럼 활성화되고 있어."

보통 어린아이의 수면 시간은 길다. 몸이 성장하기 위해서이다. 그런데 장호는 그의 형인 장일과 장삼보다 적어도 두 시진은 더 적게 잠을 자고도 멀쩡했다.

장일은 하루 보통 네 시진을 잔다.

그런데 장호는 두 시진만 잠을 자고도 멀쩡했던 것이다. 그것의 비밀이 바로 유가밀문의 체법에 있다는 것을 눈치채는 데에는 그리 오래 걸리지 않았다.

유가밀문의 체법은 몸을 벌모세수 하는 것처럼 만드는 것만이 아니었다. 그의 면밀한 관찰에 의하면 육체를 아주 조금씩 더 '좋게' 만들어주고 있었다.

체력과 상처 회복 속도가 빨라졌고, 몸이 몹시 유연해 졌으며, 충격을 잘 견디어냈다. 몸의 근력이 강해진다거나 하지는 않았지만 지구력은 크게 늘어났다.

장호는 자신의 몸이 무공을 수련하기 위해서 아주 적합하게 변해가는 것을 알았다.

열두 살의 몸으로 되돌아온 지 벌써 반년째다.

손 장자의 생일잔치도 끝나고 금련표국도 떠난 지 몇 달은 지난 셈이다.

그간 장호는 내가진기를 희생하여 유가밀문의 체법을 수련하는 데 주력해 왔다.

"이거 언제까지 해야 하지?"

장호는 스스로의 몸을 내려다보면서 되뇌었다. 언제까지 몸을 닦을 것인가?

내공은 많이 쌓을수록 좋다.

그러나 몸을 닦는 것도 중요하다. 몸을 완성하면 할수록 내공심법의 효율이 몹시 좋아지기 때문이다.

장호는 과거 의술과 무공을 동시에 익히면서 여러 가지 실험을 한 바가 있었고, 때문에 육체의 완성이 무공수련에 가속도를 준다는 사실을 알아내었다.

몸의 기맥이 크고 단단해질수록 기맥을 타고 흐르는 진기의 속도가 더 빨라진다.

진기의 속도가 빨라진다는 것은 내공을 쌓는 속도가 빨라지는 것뿐만 아니라 적과 상대할 적에 더 나은 진기 운용을 할 수 있다는 장점이 있다.

이는 찰나의 순간에 생과 사가 갈라지는 강호에서는 어마어마한 장점이 아닐 수가 없었다.

"계산을 좀 해봐야겠는데."

이제 반년이다. 원래는 일 년 정도 하려고 했는데, 더 오래해야 하지 않을까? 하는 생각도 들었다.

그리고 내공도 내공이지만 슬슬 몸이 건강해지고 잘 자라고 있으니 초식의 수련도 해야 했다.

장호가 익힌 무공은 상당히 잡종다양했다.

그리고 원접심공 외에는 상승절학이라고 부를 만한 것이 없기도 했다.

나중에 그가 의원으로서 꽤나 유명해지면서 무인들에게 얻어 배운 것이 꽤 되긴 한다.

이 유가밀문의 체법도 그가 어떤 무인을 치료해 주고 얻게 된 거였으니 더 말해서 무엇하랴?

여하튼 장호는 자신이 주로 사용하던 보법과 권법을

우선 익히기로 했다.

"좋아. 그러면 오늘 밤부터는 체계적으로 수련해야겠어. 유가밀문의 체법은 반년은 더 하는 거야."

장호는 계획을 세웠다.

하루에 잠은 두 시진만 잔다.

새벽에 일어나서 한 시진간 원접심공을 수련하고, 나머지 한 시진 동안에는 유가밀문의 체법을 수련한다.

그 이후 바로 아침을 먹고 일을 하러 나간다. 객잔에서 일을 끝내고 집에 오면, 그때부터는 육체 단련을 한 시진간 한다.

그다음에는 보법과 권법을 한 시진 수련하고, 그 이후에는 잠을 잔다.

"지금까지도 꽤 빡빡했는데……."

하루는 열두 시진이다.

여섯 시진간 일을 하고, 네 시진은 수련으로 보내며, 두 시진은 잠을 잔다. 이것이 장호의 일과였으니 빡빡하기 그지없었다.

"일을 그만둬야 하나?"

그러나 일을 그만두면 생계가 막막하다. 비록 적은 돈이긴 했으나 객잔에서 주는 돈은 장호의 가족들을 먹여 살리는 주요 수입원 중 하나였던 것이다.

장일이 벌어 오는 돈은 매달 은자 반 냥 정도. 그리고 장삼이 벌어 오는 돈도 매달 은자 반 냥 정도다.

은자 한 냥에 동전 천 문이고, 동전 열다섯 문이면 소면 한 그릇을 먹을 정도였다. 즉, 두 명이서 벌어 오는 돈이 대략 예순다섯 끼니의 돈이라는 뜻이 된다.

장일, 장삼, 장호.

이중 장호는 객잔에서 식사를 해결하니 문제가 아니다. 그러나 장일과 장삼은 벌어들인 돈 대부분을 식사를 해결하는 데 써야만 했다.

그런데 밥만 먹는다고 살 수 있는 것은 아니다. 옷도 해지면 해 입어야 하고, 신발도 문제였다. 그 외의 여러 가지 자질구레한 일에 돈이 틈틈이 쓰였다.

그리고 겨울에는 땔감을 구해서 난방도 해결해야 하니 이것들도 문제였다.

그런 돈을 장삼의 돈으로 해결하고 있었던 터다.

그러다 보니 장삼이 일을 그만두게 되면 타격이 컸다. 그렇다면 어떻게 해야 할까?

장호는 고민을 하다가 결정을 내렸다.

"그렇다면……."

그는 이런저런 생각을 하다가 한 가지 좋은 생각을 떠올렸다.

"그래 약초."

이 이관이라는 마을 근처에는 약초가 풍부하게 자생한다. 그리고 약방도 많았다.

"그럼 약초꾼이 되어야겠다."

산을 탄다.

이는 몸을 수련하는 데 상당한 도움을 준다. 산행이라는 것이 몸을 단련하는 데에는 아주 효과적이기 때문이다.

그리고 장호는 본래 의원이기 때문에 약초에 대해서 잘 안다.

약초를 캐다가 팔면 돈을 제법 벌 것이다.

중요한 것은 거래처.

그래도 이 마을에서 살고 있는 장호인지라, 약초꾼들 사이에 평판이 좋은 약방이 있는 것도 잘 알고 있었다.

그리고 그 약방의 주인이 명진서와 제법 친한 것도 잘 알았다.

장호는 약초꾼이 되겠다는 계획을 세웠고, 어떻게 명진서를 통해서 약방의 주인과 거래할 수 있을지를 고심하기 시작했다.

第三章

예상외의 일

진인사대천명(盡人事待天命)이라고 하였다.

사람으로서 할 일을 다하고 하늘의 뜻을 기다린다는 의미의 어구다.

하지만 종종 이런 해석을 하는 이들도 있었다.

일은 사람이 꾸미고, 결정은 하늘이 한다.

그렇다.

세상의 일이란 어찌 변할지 알 수 없는 노릇이다.

강호야사 제갈곡

의원귀환

"응? 호야 너 뭐하고 있는 거냐?"

객잔에는 반드시라고 좋을 만큼 한가한 시간이 존재한다. 그런 시간에는 점소이들도 한쪽 구석에 앉아서 휴식을 취하는 것이 보통이다.

명진서의 객잔에는 점소이가 교대로 한 명씩 일을 하고 있지만, 잔심부름꾼인 장호도 있어서 낮에는 두 명의 점원이 일하는 셈이다.

명진서는 돈을 계산하는 좌대에서 무료한 듯 하품을 하다가 장호가 하는 것을 보고는 놀라서 장호를 불렀다.

"책 보는데요?"

"채액? 너 글 알고 있었냐?"

"예. 아부지가 가르쳐 주셨거든요."

장호는 한 손에 낡은 책 한권을 들고서 의자에 앉아서 읽고 있었던 것이다.

이것이 바로 장호가 고심한 결과였다. 스스로가 글을 읽을 줄 안다는 것을 주변에 알려 약방에서 일할 포석으로 삼으려는 것이다.

"그간 왜 말 안 했어?"

이 시대에 글을 아는 이는 많지가 않았다.

전체 인구의 이 할(1할:10%)만이 글을 아는 것이 현실이었고, 무인 중에서도 글을 모르는 이가 허다했다.

글을 안다면 그에 걸맞는 일을 할 수 있기도 했다. 사실 중원어는 배우기가 그리 쉬운 것이 아니다 보니 일어난 현상이기도 했다.

흔히 천자문이라고 하는데, 이 글자를 모두 외우는 것도 쉬운 일은 아닌 까닭이다.

"그간 쓸데가 없어서요. 그런데 형이 이제 저도 슬슬 미래를 준비하라고 하더라구요."

"일이가?"

"예."

"그건 옳은 말이다. 그래, 글공부해서 관리가 되려고?"

"아뇨. 의원이 되려구요."

"의원?"

"예."

장호는 미리 준비해 둔 대답을 하였다. 자신이 책을 보면 명진서가 반응을 보일 것이라는 것을 알았던 탓이다.

명진서는 요놈 봐라? 하는 표정을 지어 보인다.

"왜 의원이 되려는 게냐?"

"형이 그랬는데, 관리가 되려면 돈이 많이 든대요. 뇌물을 줘야 한다던데."

장호의 말에 명진서는 고개를 끄덕였다. 옳은 소리였기 때문이다.

현재 명나라는 썩을 대로 썩어서 휘청거리고 있다는 것을 귀가 열린 이라면 대부분 잘 알고 있었다.

최근에는 그 때문인지 가지각색의 종교까지 판을 친다고 했었다.

"그래서 의원이 되겠다?"

"예. 의원은 배워서 바로 써먹으면 되잖아요."

그건 그랬다. 의원이 되기 위해서 시험이 필요한 것은 아닌지라, 사실 적당한 의서를 읽고 나서 내가 의원입네

하는 사람도 많았다.

"그건 그렇지. 그래서 의원이 되고 싶다 이거냐?"

"예."

사실 상급 의원 수준의 의술을 가진 장호였지만, 자신이 어느 날 갑자기 의술을 뿅! 하고 써버리면 이상할 것이 아닌가?

그래서 지금 이렇게 미리미리 밑밥을 깔아두는 장호였다.

"그래서, 지금 의서를 보고 있는 게냐?"

"아뇨."

"그럼 뭘 보는데?"

"한약보감이라는 책이요."

"한약보감?"

"약초나 각종 약재를 정리한 책이요. 우선 이거부터 외우려구요."

"오호라. 약초부터 시작하겠다는 거로구나?"

"네."

"이야, 기특한걸."

명진서는 그런 장호가 대견한지 좌대에서 나와서는 장호의 옆으로 와서 의자 하나를 당겨 앉았다.

"그래서, 잘 외워지든?"

"그래도 오늘 벌써 다섯 개는 외웠어요."

"그래? 어떤 건데?"

"감초, 하수오, 삼, 동충하초. 삼백초의 다섯 가지예요. 감초는요······."

장호는 이미 알고 있었던 것이지만 오늘 방금 외운 것처럼 늘어놓았다. 명진서는 그런 장호의 연기에 홀딱 넘어가고 말았다.

"우리 호가 정말 많이 컸구나! 기특하다, 기특해! 육! 너도 이렇게 공부 좀 하고 살아라. 응?"

"주인어른, 제가 공부하면 이 객잔에서 누가 주문을 받고요? 하여튼 맨날 나만 구박이셔."

"네가 그리 생각이 없으면 평생 내 밑에서 일하고 살아야 해, 인마!"

"그러면 되죠, 뭐."

"허허, 이놈 참."

점소이 허육의 말에 명진서는 그저 허허 웃고 말았다. 그러다가 장호에게 고개를 돌린다.

"그러고 보니 호 네가 이제 열두 살이던가?"

"네."

"흐음. 그렇구나, 그래."

명진서는 고개를 끄덕였다.

아이가 가여웠었다. 부모를 잃고 어린 삼 형제가 모두 힘겹게 살아가는 것을 알았다.

장일이라는 녀석은 약초밭에서 일했고, 장삼이라는 녀석은 품팔이를 하였다.

장일은 어렸기에 할 수 있는 일이 없었고, 동정심에 명진서는 장호를 거두었다. 비록 잔심부름이지만 아이는 훌륭하게 자신이 해야 할 일을 했다.

게으름은 조금도 부리지 않았기에 명진서는 아이가 훌륭하다고, 기특하다고 생각해 왔다.

그리고 지금은 이 아이가 자신의 미래를 위해서 노력하는 것을 보았다.

노력이라는 것은 그리 쉬운 일이 아니다.

노력을 하는 것이 쉬웠다면, 이 세상에는 훌륭한 사람들만이 남았을 것이다.

"그렇게 의원이 되고 싶으냐?"

"네. 형들 고생 좀 덜 시키고 싶어요."

"그래, 그렇구나."

명진서는 고개를 끄덕였다. 그는 어쩌다 보니 결혼을 하지 못하여 자식이 없었다. 그러다 보니 이 장호가 기특한 모습이 그렇게 흐뭇할 수가 없었다.

"좋다. 호야, 조금 힘들지만 의원이 될 수 있는 도움

될 일이 있는데 해보겠느냐?"

"예?"

명진서가 왠지 흐뭇한 미소를 짓는 게 이상하다 생각하던 장호였는데, 갑자기 의원이 되는 데 도움이 되는 일이라니?

오늘은 그저 자신이 의원에 관심이 있다는 것을 적당히 표출하고, 이 책을 공부하는 것을 꾸준히 보여주어 약방에서 일하겠다고 말하기 위한 포석으로 삼으려던 것이 목적이었다.

그런데 명진서는 장호가 생각지 못한 어떤 일을 생각해 낸 모양이다.

"너 진 의원이라고 알지?"

"예?"

"현청 옆에 있는 진서 영감 말이다."

진서.

이 마을에서는 진 의원이라고 부르는 노인이 있다. 그 실력은 장호도 자세히 모르지만 그래도 이 마을의 환자들을 잘 치료하여 병을 다스린 사람이기도 했다.

"예. 진 의원님은 알아요."

"그 진서 영감이 과거에 나한테 빚을 진 게 하나 있었거든. 내가 그 영감님한테 말해둘 테니까 내일부터 그리로 가서 일을 하려무나."

"네?"

아니, 그럴 필요 없는데?

진 의원은 약 이 년 후 노환으로 죽는다. 전염병이 발발할 당시에는 이 마을에 없는 사람이었다.

사실 그가 있었더라도 전염병을 다스리지야 못했겠지만 말이다.

그래도 진 의원이 없다는 사실을 꽤나 오랫동안 원망했던 장호였기에 그 노의원을 기억하고 있었다.

하지만 그런 진 의원 밑에서 일하면서 의술을 배운다는 것은 그다지 달가운 일은 아니었다.

장호에게 지금 필요한 것은 충분한 수련 시간이지 의술을 배우는 것이 아니었던 탓이다.

의술은 이미 충분한 수준까지 배운 상태이다. 무공수련이 더 급했다.

문제는 명진서의 말을 거절할 수도 없다는 것이다. 명분의 문제 때문에 그렇다.

자기 입으로 의원이 되려고 한다 해놓고, 여기서 뺀다면 누가 봐도 이상한 일이 아니겠는가?

"정말요?"

그래서 그는 기쁜 척, 놀란 척을 하면서 물었다.

"그래. 내가 오늘 말해두마. 쇠뿔도 당김에 빼랬다고, 오늘 일은 그만하고 내일 아침에 진 의원으로 가보려무나. 알았지?"

"그래도 돼요? 어, 제가 갑자기 일을 그만두면……."

이러면 참 곤란한데? 하고 생각하던 장호는 갑자기 불쑥 손이 내밀어져 자신의 머리를 잡아오는 것을 보았다.

크다. 그리고 두툼하고, 따듯했다.

이제는 기억도 나지 않는, 아버지의 손처럼.

"너는 훌륭한 아이야. 그리고 노력하는 녀석이지. 내가 비록 자식은 없지만, 네 녀석을 내 아들 보듯이 하고는 했다. 힘내려무나. 너는 더 나은 삶을 살 수 있어. 그러니 내 걱정일랑 하지 말고 진 의원에게 가보거라. 나중에 성공하면 이 아저씨에게 명주나 좀 사주면 되지 않겠느냐?"

머릴 흐트러뜨리면서 쓰다듬는 그의 행동에 장호는 갑자기 말이 막혀왔다.

열 살의 어린 장호를 거둔 것도 명진서였다.

그는 호남아였고, 또한 정도 많았다. 장호가 오랜 시간 객잔에 남았던 것은 그런 명진서의 호의 때문이었기도 했다.

가슴이 따스해지는 감각에 장호는 자신도 모르게 눈물

이 한 줄기 흐르는 것을 느꼈다. 어린아이가 결코 지을 수 없는 표정이었지만, 장호는 곧 고개를 숙이고 아이처럼 울음을 터뜨려 버렸기에 아무도 그 모습을 보지 못했다.

"하하. 녀석 참 울기는. 그래도 가끔은 이 아저씨 가게에 놀러 와야 한다. 알았지?"

그렇게 명진서가 말하며 등을 두드려 주었다. 장호는 정말 아이처럼 울었다.

＊　　　＊　　　＊

진서.

장호는 그에 대해서 아는 바가 없었다. 같은 마을에 살지만 일 년에 두세 번 정도 볼까 말까 한 사람이었다.

마을의 유일한 의원이기 때문에 알고는 있으나, 그가 어떤 성격이고 어떤 과거를 가졌는지는 모른다.

이 마을은 약재들이 특산품이고 약방도 많았지만 인구가 많은 것은 아닌지라 의원은 한 명이면 충분한 곳이기도 했다.

여하튼 약재가 특산품이기에 진서 의원은 약을 풍부히 쓸 수 있었다.

또 약재 값이 싸다 보니 마을 사람들도 의료 혜택을 충분히 받고 있었다.

가난할지라도 약재가 싸니까 치료가 가능하다고 할까? 물론 굶는 것까지 치료할 수 있는 것은 아니었지만 말이다.

여하튼 장호는 그런 진서가 운영하는 진서의가라는 현판이 달린 건물 앞에 도착해 있었다.

그런데 장호가 안쪽을 슬쩍 보니 어째 인기척이 별로 없었다. 이른 오전이라고는 하지만 인기척이 없다는 것은 조금 이상한 일이었다.

"계십니까?"

일단 문이 열려 있긴 하지만 문 앞에 서서 외쳐 보았다.

"누구요? 안으로 들어오시구려."

그러자 진중한 노인의 목소리가 들려왔고, 장호는 그제야 안에 진서 의원이 있다는 것을 알 수 있었다.

장호는 안으로 들어서면서 소리가 들려온 곳을 향해 고개를 숙였다. 대문의 안쪽으로는 작은 마당이 있었고, 마당 바로 앞에 작은 모옥이 있었던 것이다.

그 모옥의 평상에 노인 한 명이 허리를 꼿꼿이 세운 채로 앉아 있었는데, 그 모습이 선풍도골의 선인 같았다.

장호로서도 전생과 현생을 통틀어 처음으로 자세히 보게 된 것이었기에 대단히 신기한 기분이 들었다.

"명진서 어른의 소개를 받아 왔습니다. 장호라고 합니다."

"으응? 명가 녀석이 보냈다고?"

노인이 관찰을 하려는 듯 유심히 장호를 보았다. 그 시선에도 장호는 안색 하나 변하지 않고 공손한 표정으로 서 있었다.

"예, 어르신."

"어린 녀석이 말투가 벌써부터 딱딱하구나. 고생을 제법 했다지?"

"그저 명진서 어른께서 잘 봐주신 덕분이지요."

"흐음? 내가 듣기로 농가의 자식이라 들었는데 제법 먹물을 먹은 티가 나는구나. 그래, 글을 읽을 줄 안다지?"

"예, 어르신."

"그리고 의원이 되고 싶다지?"

"예."

"흐음. 어린 나이에 아주 딱 부러지는 녀석이로구나. 의원이 되려는 것은 왜냐? 명가 녀석의 말로는 학문을 공부하는 것에 비해서 빠르게 일을 할 수 있어서라던데, 그게 전부인 것은 아닐 터. 말해보거라."

노인은 카랑카랑한 목소리로 물었다. 장호는 이 진서라는 노의원이 보통 심성은 아니라는 것을 알았다.

그리고 그 목소리에서 정기가 넘쳐흐르는 것을 통해서 이 노인이 무공의 고수라는 사실도 알아차렸다.

비록 전생에 어려서 몰랐다고는 하지만, 자신의 고향에 고수가 살고 있었을 줄이야!

지금 장호의 수준으로는 노의원의 무공이 어느 경지에 이른 것인지는 잘 알 수는 없지만 적어도 절정고수 이상은 되어 보였다.

그렇지 않는 다면 거의 일흔을 넘은 나이로 보이는 노의원의 목소리에 정기가 들어차 있을 리가 없기 때문이다.

이는 장호도 의술을 배웠기에 아는 사실이었다.

그런 노의원의 질문에 그는 솔직하게 대답하기로 했다. 사실 그는 진서의가에서 의술을 배울 필요는 딱히 없었기 때문이다.

약초꾼이 되려고 했던 일이 이상한 방향으로 흘러 이리되었으니, 그것만 바로 잡으면 되었다.

"돈을 벌기 위해서입니다."

"으응? 돈을 벌기 위해서라고?"

"예. 학문으로 대성하려면 관리가 되어야 한다고 들었습니다. 하지만 관리가 되려면 뇌물을 많이 써야 한다고도 합니다. 그래서 학문이 아닌 의원이 되려고 한 것이죠."

"네 녀석은 의원이 무엇 하는 사람인지 아느냐?"

"병을 고치는 사람 아닐까요?"

"그런데 병을 고치는 것이 아닌, 돈을 목적으로 한다?"

노의원의 눈이 샐쭉해졌고, 장호는 그런 노의원을 보면서 거침없이 말했다.

"노의원님은 제가 인의를 저버리는 황금충이 될까 하고 걱정하시는지도 모르겠습니다."

요놈 봐라?

노의원의 표정이 바뀌었다.

"제 위로는 형이 둘 있어요. 그리고 저희 부모님께서는 현재 자리에 계시지 않으니, 저희 삼 형제가 어떻게든 살아가야 해요."

말투를 조금 어린아이처럼 바꾸고서 장호는 말을 이었다.

"배를 굶은 적도 많고, 하루하루가 참 힘들거든요. 의원이 되려는 것은 그런 이유예요. 배 굶지 않으려는 것.

그러려면 돈을 벌어야 하잖아요?"

노의원의 표정이 조금 멍하게 바뀌었다. 그리고 잠시
후 무겁게 입을 열어 물었다.

"네 말은 부귀영화를 위해서 돈을 벌려는 것이 아니
라, 네 녀석의 호구지책을 위해서 돈을 벌고 싶다는 말이
더냐?"

"예."

"호구지책을 위해서 의술을 배운다라. 허허! 그래, 그
렇구나. 의원도 한낱 직업일진대, 허허허허!"

진서 노의원의 웃음을 들으면서 장호는 속으로 고개를
갸웃했다.

장호는 전생에 의원이었으며, 동시에 무인이었다.

때문에 이러한 가치관을 가지게 되었고, 일반적인 의
원들에게 배척을 받고는 했다.

의원은 생명을 고치는 자.

때문에 생명의 고귀함을 알아야 하며 그에 사심을 들
여서는 안 된다.

그것이 일반적인 의원이 가져야 하는 마음가짐이었
다. 물론 이 마음가짐을 관철하고 살아가는 의원의 수는
몹시 적다.

하지만 아무리 돈을 밝히는 의원이라고 할지라도 이

마음가짐을 부정하지는 않았다. 의원이 가져야 할 절대적 선과 같은 것이었던 것이다.

그러나 장호는 아니었다.

장호는 의술조차도 수단으로 보았다.

무공을 익히기 위한 수단이며, 자신의 생활을 유지하기 위한 수단이고, 자신의 친인들을 도울 수 있는 수단이었다.

지극히 현실적인 이 생각의 이면에는 전염병으로 두 형을 잃은 사건이 자리하고 있었다.

그리고 그런 그의 사상이 노의원에게 어떤 영향을 주었다. 그리고 그 사실을 장호는 알 수 없었다.

"그래. 내 이대로 죽으려 했는데 이것도 하늘의 뜻이라면 뜻이겠지."

노의원이 뜻 모를 소리를 중얼거리는 것을 들으며 장호는 다시금 속으로 고개를 갸웃하였다.

"네가 명가 녀석의 마음에 든 까닭을 알겠구나. 오늘부터 내가 너를 쓸 것인즉, 열심히 할 자신은 있느냐?"

뭔가 마음에 들어버렸나 보다.

장호는 그렇게 생각하면서 속으로는 낭패감을 느꼈다.

자신의 본심을 이야기하면 일을 못 할 줄 알았는데 어

째서 이렇게 되었단 말인가?

두 번째 예상외의 일이 아닐 수 없었다.

"시켜만 주시면 열심히 할게요."

장호는 그렇게 대답했고, 노의원은 희미하게 웃음을 머금었다.

"좋아. 우선 오늘은 이 책을 가져가 한번 쭈욱 읽어보고 내일 오전에 오려무나."

"예, 어르신."

"그래. 네가 열심히 한다면 내 의술을 가르쳐 줄 것이니, 게으름을 부려서는 안 될 것이야."

"예."

장호는 속으로는 이게 아닌데, 하면서 책을 받았다. 전생에 지겹게도 외웠던 약현본초라는 약초 서적이었다.

*   *   *

"이게 아닌데……."

장호는 일이 꼬였다고 생각하면서 집으로 터덜터덜 돌아갔다.

손에 든 약현본초는 사실 과거에 이미 홀라당 다 외운 책이다.

약현본초뿐이겠는가? 한약보감도 사실 다 외운 책이다. 그는 적어도 서른여섯 가지 약초서를 모두 외우고 있었고, 삼백여든두 가지 약재에 대해서 알았다.

그의 의술은 중원 전체로 치면 상급이라고 부를 만한 실력이었고, 가장 자신 있어 하던 분야는 바로 독과 약이었다.

의술에는 침술, 약술, 뜸술, 추나술, 부술이 있다.

이중 그는 약술에 일가견이 있었는데, 내상약과 전염병을 막을 수 있는 치료약을 연구하다 보니 그렇게 되었었다.

약을 잘 알게 되다 보니 독술에도 어느 정도 성과를 보였고, 그것이 그의 원접신공과 합해져 꽤 쓸 만한 독공으로 발전하기도 했었다.

잡종다양한 지식을 섭렵하고 별 쓸데도 없을 것 같은 희한한 무공을 익히거나 연구한 것도 그런 이유였다.

무공을 연구하고, 의술을 연구한다. 그것이 장호가 하던 일이었다.

물론 그것은 그가 좋아서 하는 일로 뭔가 거창한 목적이나 신념이 있었던 것은 아니다.

약술에 매진한 것은 두 형을 잃었던 경험이 정신적 상처로 남았기 때문이고, 뭔가를 연구하는 것을 좋아하는 것은 천성이었기 때문이다.

그런 이유로 장호는 터덜터덜 집으로 걸어가면서도 이 게 참 뭔가 싶었다.

할 수 없이 당분간은 의방에서 일을 해야 할 팔자가 되었기 때문이다.

"쩝. 뭐, 어쩔 수 없지."

진서 노의원이 삯을 너무 짜게 주면 그걸 빌미로 그만 둬야겠어. 장호는 그렇게 해야겠다고 결심했다.

"응? 너 벌써 왔어?"

"에? 형이야말로 언제 온 거야?"

집에 도착한 장호가 본 것은 마당에 앉아서 짚을 꼬고 있는 어린 소년이었다.

장삼.

장씨 가문의 두 번째 아들.

본래 셋째였지만, 두 번째 형이 어렸을 적에 죽은 이후 로 장삼이 둘째가 되었다. 장삼은 어렸을 적부터 손재주 가 좋았는데, 덕분에 여기저기 품팔이를 다니면서 일을 했다.

어떤 때에는 도편수의 보조로 일하기도 했고, 어떤 때 에는 숙수의 보조 노릇을 하기도 했다.

하지만 장삼은 어디 한 군데에서 진득하게 일을 하지

는 않았다. 이유는 별게 아니다. 대부분의 일은 본격적으로 하게 되면 돈을 받기 어렵기 때문이다.

어떤 기술을 가진 이들은 자신의 기술을 배우는 사람에게 월급을 주지는 않는다. 그 기술 자체가 재산이기 때문이다.

도리어 돈을 받는 이들도 있을 정도다.

그러나 빡빡하게 벌어서 하루하루 먹고살아야 하는 장삼으로서는 그럴 수 없었다.

혼자였다면 상관하지 않았을 테지만, 그에게는 형과 동생이 있었던 것이다. 그리고 장호 역시 그 사실을 아주 잘 알았다.

"동숙 아주머니가 앓아 누우셔서 돌아왔어."

"그랬구나."

동숙이라면 포목점을 운영하는 사람이었다. 인심은 그리 좋지도 나쁘지도 않은 사람으로 가끔 길쌈을 할 때 손이 필요하면 장삼을 불렀었다.

"넌 무슨 일로 빨리 온 거야?"

"어르신이 다른 일을 시켰어. 그거 끝나면 가도 좋다고 하셔서 온 거야."

"그래? 그럼 오늘은 오랜만에 같이 밥이나 먹자."

"응."

장호는 고개를 끄덕였다. 아침, 그리고 저녁. 이 시대의 사람들은 대부분 그렇게 두 끼를 먹었다.

부호들이야 하루에 네 끼도 먹는다지만, 보통은 두 끼다.

그나마 가난한 사람들은 하루에 한 끼 먹는 것도 어려웠다.

장호의 형제들은 그래도 외부에서 일을 하기 때문에 하루에 두 끼 정도는 먹는 편이었지만, 그렇게 잘 먹고 다니는 것도 아니다.

화르륵.

장호가 주방으로 들어가 아궁이에 불을 때었다. 그리고 쌀을 가져다가 씻고, 그걸 커다란 냄비에 넣어 밥을 짓기 시작했다.

집안일은 늘 장호가 했다. 장호도 하는 일이 적은 것은 아니었지만, 그래도 두 형에 비하면 그렇게까지 힘든 일은 아니었기 때문이다.

장호는 전생에 그에 대해서 약간의 불만을 가진 적이 있었다. 하지만 지금은 전혀 아니다.

늘 두 동생을 챙기려는 큰형 장일. 자신을 위해서 진득하게 기술을 배우지 않는 장삼.

두 형을 보면 언제나 가슴이 아려왔다.

왜 우리에게는 어머니, 아버지가 없을까?

왜 우리는 다른 이들처럼 살아갈 수 없을까?

부호인 손 장자만큼은 원하지도 않는다. 그저 어머니, 아버지가 살아 있는 평범한 가족 정도를 원했다.

하지만 세상은, 그리고 운명은 그를 장호와 형제들에게 허락지 않았었다.

그리고 장호는 이내 전염병으로 두 형을 잃고 말았다.

마지막 남은 가족이었다.

그런 가족을 저 무심한 하늘이 데려가 버렸다.

밥을 지으며 장호는 그런 감정적인 생각을 하였다. 눈물이 슬쩍 흘러나온다.

"내가 이렇게 약했었나."

혼자가 된 이후 강호에 뛰어들어 살아가는 동안은 철저하게 혼자였다.

혼자였기에 그는 언제나 스스로를 책임져야 했다.

누구에게도 기댈 수 없다는 감각은 그를 고독하게 만들 수밖에 없었다. 그런 과거가 그에게 이런 상처를 만들었다는 것을 그는 지금 깨달았다.

가족이 없다는 것.

그것에 대한 그리움.

그게 자리 잡고 있었다.

치이익.

생각에 잠긴 사이에 쌀이 익어 밥이 되고 있었다. 장호는 반찬을 이것저것 꺼내고 상을 차렸다.

반찬은 대부분 객잔에서 얻어온 것이다. 그러나 이제는 이것들도 얻을 수가 없다. 앞으로는 의방에서 일해야 하기 때문이다.

반찬을 마련할 방법도 생각해 둬야겠군.

장호는 마음을 정리하고는 그렇게 생각했다.

"형, 밥 먹자."

장호는 애써 웃어 보이면서 방으로 상을 가지고 들어갔다.

第四章

의방에서 일하기 시작하다

사람들은 오래전부터 상처와 질병에 시달려 왔다.
그런 상처와 질병을 이겨내기 위한 노력이
계속되어 온 것은 어찌 보면 당연한 일이다.
그런 노력에 의해서 의술이 생겨났고,
그것은 현대에 이르러서는 의학으로
진화했으며 생명공학의 영역에 이르렀다.

의술의 역사

의원귀환

노의원 진서의 의방에서 처음으로 일하기로 한 날.

　장호는 여전히 새벽에 일어나 유가밀문의 체조와 원접
신공의 내공 수련을 행했다.

　모았던 내공이 사라지고 유가밀문의 체조법을 통해 육
체가 좀 더 무골에 가깝게 진화되며 임독양맥도 조금씩
뚫리는 것을 장호는 확실히 느꼈다.

　"의방에서 일하는 걸 핑계로 형들에게 가르쳐 줄 수
있겠는데."

　사실 그간 장일과 장삼에게 원접심공과 유가밀문의 체

조를 가르치고 싶었지만 별다른 핑계가 없었다.

그런 걸 어디서 배웠느냐고 물어보면 어떻게 하겠는가?

대충 둘러대고 가르칠 수 있는 수준이 아니었다.

물론 억지로 가르치자면 가르칠 수도 있을 것이다. 그러나 그렇게 하면 문제가 생긴다.

장일, 장삼, 장호의 삼 형제 간에 심리적인 균열이 생기고 마는 것이다. 장호는 강호에서 그런 경우를 많이 보았다.

형제자매라고 해도 한 번 마음에 균열이 생기고 나면 그 관계를 회복하기는 어렵다. 하물며 장호는 과거로 되돌아왔다는 기괴한 경험을 한 상태이다.

그 이유는 필시 그 금의마선이 남긴 귀물 사마밀환 때문일 터.

여하튼 그런 이유로 장호는 차선책으로 약초를 채집해서 몸을 보하는 약을 만들어 먹이려고 했다. 그것은 책을 보며 공부했다고 핑계를 대면 되기 때문이다. 그리고 무리가 없는 수준이기도 했다.

그러다가 한 몇 달 후쯤 약초를 캐다가 비급을 발견했다는 식으로 두 형에게 무공을 전수하려고 했었던 것이 장호의 계획이었다.

그러나 이제는 더 훌륭한 명분을 얻었다.

진가의방에서 진서를 통해 배웠다고 하면 될 것이 아닌가?

게다가 원접심공은 반드시 두 형들에게 가르쳐 줘야 했다.

내공을 익힌 자들은 전염병에도 큰 면역력을 가지게 마련이기 때문이지만, 원접심공의 경우에는 더 특별했다.

나병이라고 부르는 불치병에도 끄떡없는 힘을 가지게 되는 것이다.

원접심공은 그 출발이 의술이어서 그런지 질병과 독에 대한 저항력이 남달랐다.

일정 수준 이상에 이르면 만독불침에 가까운 해독, 제독 능력을 가지게 된다. 질병에도 마찬가지로써, 지독한 전염병도 견디어낸다.

그러니 이를 두 형에게 전수하고, 그들이 제대로 수련하는 것을 도와야 했다.

특히 두 형이 이 내공심법을 제대로 익히게 하는 것이 가장 큰 난관 중 하나였다.

모든 내공심법이 다 그렇지만, 처음 두 달간은 별 효험도 달라지는 것도 느끼기 어렵다.

왜냐하면 그동안은 기감도 형성되지 않고 모이는 진기의 양은 미미하기 때문이었다. 때문에 뭘 모르는 무지한 자들은 조금 하다가 그만두는 것이 일상이다.

장호는 두 형이 그런 행동을 보일 수도 있다는 것을 이미 염두에 두고 있었다.

두 형은 꽤나 힘들게 살고 있었고, 운동이나 수련이라고 하는 행위를 할 만한 정신적 여유가 그다지 없었다.

그러니 가르쳐 준다고 해도 제대로 수련하지 않을 수가 있는 것이다.

하지만 의방의 의원에게서 배웠다는 명분은 그런 두 형을 움직일 동력으로서 훌륭한 역할을 할 것이다.

거기에 장호가 알고 있는 내공 증진과 피로 회복을 위한 약을 쓰면 더 효과는 훌륭할 터.

장호는 이미 거기까지 계획을 세워놓았다.

여하튼 유가밀문의 비전체조와 원접신공의 내공 수련을 행한 장호는 몸을 씻고서 의방으로 갈 준비를 끝마쳤다.

저벅저벅.

걸으면서도 되도록 전생에 익혔던 보법인 의형보(意形步:걸음의 형태에 뜻을 담는다)를 사용하려고 애썼다.

장호는 전생에 열두 가지의 보법을 배우고 익혔다.

다들 고만고만한 보법으로 강호의 기준으로 치면 일류에서 이류 정도의 무공이었다.

신공절학, 상승절학, 절정무공, 일류무공, 이류무공, 삼류무공.

강호에서는 무공의 강하고 낮음을 대략 이렇게 분류했다. 단순하고 대충 만든 기준인 것 같지만 이게 또 꽤나 잘 들어맞는다.

총 육 단계라고 볼 수 있는데 원접신공은 상승절학과 절정무공의 사이에 위치한 그런 무공이었다.

사실 원접신공이야말로 장호가 가진 가장 수준 높은 무공이었다.

보법으로는 열두 가지를 익혔고, 그중에서 지금 수련하는 의형보가 가장 수준이 높고 쓸 만한 무공이었다.

그 외에도 다섯 가지 장법과 일곱 가지 권법, 세 가지 검법과 네 가지 암법, 열여섯 가지 외공을 익혔다.

장법으로는 주 장기로 삼던 것이 심류장(深流掌:깊은 흐름을 손에 담다)이라는 이름의 장법이었고, 검법으로는 권검타공(拳劍打功:주먹과 칼로 때린다)을 주로 썼다.

암법은 투격공(投擊功:던져서 때린다)을 장기로 삼고, 외공은 두루두루 익혔으나 나중에 가서는 철피공(鐵皮

功:철로 된 피부를 가진다)을 꽤 익혔다.

즉, 원접심공을 내공의 기본으로 삼고 거기에 심류장, 권검타공, 투격공, 철피공을 익힌 셈이었다.

어떻게 봐도 잡다한 무공을 익힌 그저 그런 무인의 표상이라고 할 만했다.

그러나 장호는 명문대파의 제자가 아니었음에도 절정고수가 되었다.

절정고수도 이 드넓은 강호에서는 천여 명 정도가 전부라고 알려져 있고, 어디에 가도 대접을 받을 그런 수준.

그가 나이 서른다섯에 그런 경지에 이르렀으니 천재라고 불릴 정도는 아니어도 수재라고는 불릴 만했다.

물론 그 이면에는 원접심공과 의술이 있었다.

심류장은 본래 심류형가라고 부르는 가문의 가전 무공이나 사실 그리 대단한 무공은 아니었다.

심류장법 자체가 일류 정도로 쳐주는 무공이기 때문인데, 사실 변화가 다양한 것도 아니고 위력이 강력한 것도 아니었다. 그렇다고 빠르지도, 무겁지도 않은 특색이 없는 무난한 무공이라고 할까?

그래도 장점이 한 가지 있어 일류무공에 끼는데, 그 장점이라는 것은 내가중수법의 효용에 있어서는 적어도 상승절학 못지않다는 점이었다.

즉 상대의 방어를 뚫고 들어가 내부를 타격하여 뭉개 버리는 힘이 강하다는 것. 그래서 이름조차도 심류장인 것이다.

장호가 알고 있는 장법 중 일류무공만 치면 사실 세 가지 정도 된다. 그런데도 심류장을 주력으로 한 것에는 사실 이유가 있었다.

그가 의술을 알기 때문이다.

그는 의술을 알고 있고, 어떻게 하면 상대를 더 쉽게 제압 가능한지에 대해서 다른 무인들보다 더 나은 지식을 가진 것이다.

그러다 보니 자신은 보호하고 상대는 빠르게 제압 혹은 격살하기 위한 방도를 고민하게 되었다.

그 결과 심류장을 주력으로 한 것이다. 심류장은 방어 자체가 제대로 먹히지 않는 장법이기 때문이다.

상대가 그의 공격을 막는 순간 내력이 그 몸을 투과하고 들어가 내부를 부수니 이 얼마나 효율적이겠는가?

외공인 철피공도 그런 이유로 익힌 것이다. 상대의 공격으로부터 자신을 보호하기 위한 방도였다.

투격공을 익힌 이유도 그런 원칙에 입각한 것이다. 투격공은 주변의 어떤 물건이든 내력을 실어 던져낼 수 있는 암기공의 일종으로 쓸모가 많았다.

원거리의 적을 손쉽게 처치할 수 있기 때문이다. 예로부터 싸움은 거리를 제압한 자가 이긴다고 하지 않던가?

다가오기 전에 처치할 수 있다면 그것만큼 좋은 일은 다시없다. 여하튼 장호는 그렇게 강호에서 살아남았다.

그런 행동은 전부 장호가 유년기에 경험했던 일들에 의해서 형성된 성격 때문에 나온 것이었다.

신중하자. 살아남자.

그런 것이 뿌리 깊게 그의 의식에 박혀 있었던 탓.

여하튼 그렇기에 그는 사실 강해지고 싶어서 강해진 것이 아니었다.

살아남기 위해서 강해진 것이라고 할 수 있었다.

생존본능이 그를 그렇게 만들었고, 강호에서도 보기 드문 기형적인 강호인을 만들어낸 것이었다.

세상은 개떡 같고, 언제 어떤 사건과 사고가 그를 덮칠지 모른다.

그는 아버지와 어머니, 그리고 두 형을 모두 잃으면서 그 감각을 뼈와 영혼에 새겼었다.

그리고 지금도 그러하다.

때문에 그는 미리 준비하고 있는 것이다.

그나마 다행인 것은 그는 미래를 알고 있다는 점이었다.

적어도 이십 년 정도의 미래는 알고 있다. 그리고 그의 고향인 이 땅은 그가 떠날 때까지 전염병을 제외하면 아무런 일도 일어나지 않는 땅이기도 했다.

그거면 돼.

충분하지.

지금 그의 나이는 열두 살. 전염병이 생기는 날은 앞으로 오 년 후인 열일곱 살. 그리고 강호에 나가게 되는 것이 스물한 살.

도합 구 년이다.

그 구 년간 무공을 수련하고 미리 준비한다면 승산은 충분했다.

그가 스물한 살에 강호에 나선 이후 절정고수가 되는데 꼬박 십 년이 걸렸다. 서른한 살에 절정고수가 된 셈이다.

그러나 지금부터 수련을 한다면 적어도 그 십 년을 오 년으로 줄일 수 있다고 생각했다. 오 년 만에 반 갑자 이상의 내공을 얻고, 오 년 만에 절정고수가 된다.

그게 장호의 계획이었고, 그 정도면 충분하다고 계산했다. 여하튼 이런저런 계산과 생각을 하면서 장호는 진가의방으로 향했다.

아직 이른 새벽녘의 시간이기에 거리에 나와 있는 사

람은 거의 없었다.

장호는 우선 자신이 일하던 객잔으로 향했다.

혹시 명진서가 일어나 있다면 인사라도 할 요량이었다.

객잔은 그 특성상 열두 시진 내내 문을 열어놓는다. 그리고 각 시간마다 점소이가 근무하고 있었다.

명진서의 객잔을 멀찍이서 보니 주인인 명진서는 아직 나오지 않은 듯했다. 장호는 미련 없이 발걸음을 돌렸다.

* * *

장호는 유가밀문의 체법을 통해서 육체가 점차 변화하고 있다는 것을 잘 알고 있었다. 이것은 이를 테면 진화라고 불러야 할 만한 것이었다.

그의 육체는 확실히 성장하고, 진화하고 있다.

청각, 미각, 촉각, 후각, 시각이 불과 몇 달 만에 변화를 느낄 정도로 상승했다면 이것은 확실히 진화라고 칭해야 마땅할 터.

대신 그 진화를 위해서 내공을 조금도 모으지 못하고 있다는 것은 슬픈 일이지만, 이제 곧 이 진화도 가속화될 것이다.

의방에서 일하면서 약초꾼 일을 병행, 그리고 약초를 섭취하여 몸의 진화 속도를 가속화시킬 계획을 세웠기 때문이었다.

적어도 일 년.

십삼 세가 되는 그날까지는 이 일을 꾸준히 할 생각이었다.

육체가 진화하면서 동시에 나이를 먹고 성장한다는 것은 몹시 중요하다.

그가 의술을 깊이 있게 공부했기에 알게 된 사실이지만, 어린 시절의 음식과 영양소 섭취에 따라 성인이 되었을 때의 육체 능력에 차이가 꽤나 크게 난다.

이건 명문대파들도 이미 알고 있는 사실이고, 또한 비전 중의 하나이기도 했다.

그런 의미에서 현재 장호의 성장은 명문대파의 수련보다도 효과가 컸다.

유가밀문의 체법으로 육체가 진화를 하고 있는 중이다. 거기에 성장기이기도 하다. 여기에 적절한 영양소만 공급된다면 그 변화의 폭은 무척이나 클 것이고, 성인이 되었을 때 육체의 능력이 명문대파의 제자들조차도 뛰어넘을 수 있었다.

중요한 것은 시간이다.

이 마을은 적어도 구 년은 안전하니, 그 시간 동안에 자신을 준비시키면 된다. 그리고 되도록 구 년 이후에도 그는 이 마을에 있을 생각이었다.

두 형이 이 마을에 있다. 그러니 이 마을에 있을 것이다.

철컥철컥.

장호는 열쇠로 문을 열고 의방으로 들어섰다. 어제 노의원이 준 열쇠였다.

안에 들어가자 장호는 저 안쪽에서 느껴지는 강렬한 기운을 느꼈다.

노의원 진서가 무공을 수련하고 있는 것 같았다. 장호는 그런 노의원의 무공수련을 신경 쓰지 않고 문을 다시 닫아걸었다.

그리고는 천천히 안으로 들어섰다. 그의 예민한 귀에 노의원이 아닌 다른 사람의 소리가 들렸다.

진가의방이 비록 크지 않은 곳이라고는 하지만, 진서 의원 외에도 사람이 있긴 한 모양이었다.

그는 우선 소리가 들리는 방향으로 향했다.

그곳은 진서 의원이 거하는 전각 옆에 있는 창고 비슷한 건물이었는데, 그곳에 가자 이십대 후반으로 보이는 남성 한 명이 약초를 분류하는 작업을 하고 있었다.

진서 의원의 의종(의원을 보조하는 종사. 의원의 의술을 배우는 대가로 일을 하는 존재. 의원의 제자라고도 볼 수 있다)인 것 같았다.

"응?"

그런 사내가 장호를 발견했다.

사내는 제법 잘생겼고, 체격도 다부져 보였다. 느낌으로 치자면 호남이라고 해야 할까?

사실 의술과는 그리 어울리지 않는 외형이었다. 호쾌한 장군이 되면 모를까? 게다가 장호가 보니 근골도 제법 좋아 보였다.

무공을 어렸을 적부터 체계적으로 수련했다면, 그리고 무공이 절정무공이며, 그 스스로가 노력을 꽤나 했다면 무난하게 절정고수는 될 수 있어 보인 것이다.

사실 누구나 노력을 하면 절정고수는 될 수 있다.

삼류무공을 가지고도 절정고수는 될 수 있는 것이다.

"안녕하세요. 오늘부터 의방에서 일하게 된 장호라고 합니다."

"아아! 네가 그 명진서 아저씨가 소개했다는 아이구나?"

사내가 장호를 알은 척한다. 이미 이야기가 된 모양이었다.

"이렇게 아침 일찍부터 나온 거야? 부지런한데."

"뭘요."

"내 정신 좀 봐. 나는 진 의원님의 제자인 서건이라고 해. 서건 형이라고 부르라고."

"서건 아저씨?"

"형!"

"네, 형. 잘 부탁드립니다."

왜 남자들은 아저씨 소리 듣는 것을 이리 싫어할까? 사실 나도 싫지만.

장호는 그렇게 속으로 중얼거렸다.

"그나저나 너 글을 읽을 줄 안다고 했지?"

"예."

"그럼 매일매일 의방에 와서 이걸 읽는 게 네가 할 첫 번째 일이다. 그리고 그걸 읽는 사이에 물을 길어 오고, 청소를 하고, 식사를 준비해야 해. 알았지?"

진 의원이 시킨 일은 우선 그것인가 보다 하고 장호는 생각했다.

셋 다 별거 아닌 일이었다. 시간도 그렇게 많이 빼앗기지 않을 터였고 말이다.

그렇게 판단하고서 책을 받았다. 책에는 백초도감이라고 써 있었다.

어, 이거 본 건데.

백초도감은 말 그대로 백 가지 약초에 대한 설명이 나열된 책이다. 약재 중에는 동물의 것도 많지만 보통은 초목에서 채취하는 것을 쓴다.

백초도감은 그런 면에서 약초의 기본 백과사전이라고 할 만했다.

"그리고 그걸 다 외워야 해. 기간은 한 달. 안 그러면 쫓겨날 거야."

"예."

이미 다 아는데. 기간은 한 달이라, 제법 빡빡하군.

속으로 그렇게 중얼거리면서 장호는 책을 옆구리에 끼었다.

"저, 그러면 우선 물부터 길어야 하나요?"

보통 의방에서는 물부터 길어 와야 한다. 약재를 다룰 때 쓸 물이 필요하기 때문이다.

그것도 보통 우물물은 안 된다.

우물물은 조금 탁하니까.

"그렇지. 뒤에 가보면 소가 한 마리 있을 거야. 그 녀석에게 달구지를 매달고 계곡까지 가서 물을 길어 와야 해. 할 수 있겠어?"

"소를 다루어본 적이 있으니 걱정 마세요. 그럼 바로

시작할까요?"

"일단 따라와."

서건은 자리에서 일어서서 장호를 안내했다.

＊　　　＊　　　＊

덜그럭덜그럭.

우차.

소가 끄는 수레를 뜻한다. 마차가 말이 끄는 수레를 뜻하니 그것과 비슷한 종류라고 보면 되었다.

진가의방에 속한 이 소는 이름이 진우라고 했다. 진가의방의 소라는 뜻이라나? 그런 진우는 이제 네 살 먹은 소였다.

소의 수명이 보통은 십 년에서 십오 년 정도 하니, 이 정도면 제법 한창때인 소라고 할 수 있었다.

진가의방의 짐을 나르는 데 주로 쓰는 소였고, 기운도 좋았다. 그뿐이 아니다. 꽤나 영리해서 사람의 말도 제법 알아듣는다 했다.

지금도 그랬다.

사람을 여섯 명 정도는 태울 수 있는 수레에는 제법 크고 두툼한 항아리가 여섯 개 올려져 있었다.

그런 수레를 끄는 소 진우는 장호가 뭐라고 말하지도 않았는데 지가 알아서 계곡을 향해 난 길을 가고 있었다.

"네 녀석 정말 똑똑하구나. 영물도 아니고."

그런 진우가 귀여워서 장호는 진우의 등을 쓱쓱 쓰다듬어 주었다.

지금 장호는 진우의 옆에 서서 같이 걸어가는 중이다.

당연히 그냥 걷는 것이 아니라 의형보의 보법을 사용하며 걷고 있었다. 무공을 몸에 익히게 하기 위함이다.

내공이 없으니 무공의 형(形)밖에 수련할 수 없지만, 이것도 부지런히 해서 몸에 익혀야 했다.

본능적으로 펼칠 수 있어야 경지에 이르렀다고 할 수 있기 때문으로, 그러기 위해서는 부지런히 반복 수련을 해야만 한다.

그렇게 약 반 시진 정도를 걸었을까. 장호는 계곡에 도착할 수 있었다.

계곡에서 흐르는 물이 마을의 외곽에 작은 천을 만들어낸다.

그런 계곡의 초입에 도착하자 진우는 스스로 멈추어 서더니 장호를 물끄러미 보았다. 장호는 이 영리한 소가 무엇을 원하는지 서건을 통해서 들었으므로 즉시 행동했다.

철컥.

수레와 연결된 장치를 제거하자 진우는 기분이 좋은지 음머~ 하고 울었다. 그리고는 한쪽으로 가서는 느긋하게 풀을 뜯어 먹는다.

"그래그래. 맛있게 먹어라."

진우가 풀을 뜯어 먹는 것을 보던 장호는 계곡으로 가서 물을 한 모금 마셨다.

"상급수로군."

중국은 예로부터 물이 귀했다. 대부분의 물은 흙이나 먼지가 섞인 것이 많았던 것이다. 그래서 중국의 요리법 중에서는 특별한 '데치기' 가 있을 정도다.

물위에 기름을 띄우고 열기가 고조될 때 식재료를 넣어 데치는 것이다. 이러면 기름이 장막이 되어 식재료를 감싸고, 물 안에 있는 미세한 흙먼지를 막아주는 역할을 한다.

차를 먹게 된 것에도 이런 이유가 있을 정도.

그렇기에 흙먼지, 석회가 섞이지 않은 물이 나는 지역은 예로부터 중요한 곳으로 취급되었다.

이 마을의 계곡도 그런 상급수가 나오는 곳이었다.

그냥 마셔도 텁텁하지 않고 상쾌하기까지 한 물.

전생에는 몰랐던 일이다. 사실 그다지 신경 쓰지도 않

앉았고.

똑같은 고향이나 이렇게 바라보는 시각에 따라서 얼마든지 달라진다.

장호는 고개를 끄덕이면서 이 모든 것이 즐겁다고 생각했다.

그래, 즐겁지.

가족이 있는 일상이라는 건.

평범한 세계라는 건.

"그러니 열심히 준비해 둬야지."

물을 전부 물동이에 담고서 장호는 주변을 둘러보았다. 독으로 쓸 만한 풀이 몇 개. 약재로 쓰이는 풀이 몇 개.

장호는 그것들을 부지런히 뽑아냈다.

"자자, 이제 그만 가자."

진우에게 다시 수레를 연결하고 장호는 의방으로 향했다.

第五章

몸에 좋은 거야

不怕慢只怕站[부파만지파참]
늦게 시작하는 것으로 두려워 말고,
하다 중단하는 것을 두려워하라.

중국 속담

의원귀환

보글보글.

장호는 끓고 있는 탕약기를 지켜보며 원접신공의 내공 수련을 하고 있었다. 탕약기의 약재들은 장호가 아침에 물을 길을 때 채집한 것이다.

이것들을 조합하여 탕약을 만들면 몸의 기력을 보충하고 피로를 쉽게 회복할 수 있다.

하루 세 번 장복하면 좋지만 그렇게 많은 양의 재료를 채집하지도 못했거니와 아침 이외에는 이 탕약을 만들어 먹을 시간도 없었다.

때문에 조금 많은 양을 달이고 있는 중이다. 첫째인 장일, 둘째인 장삼 둘 다에게 주어야 하기 때문이다.

물론 그가 먹을 것도 만들어두었다.

우선은 이 탕약들로 두 형들의 기력을 채울 생각이었다. 그리고 몇 달 후에는 원접신공을 가르치려 한다.

두 형에게 유가밀문의 체법도 가르치면 좋겠지만, 이걸 가르치면 모여든 내공이 사라진다. 육체는 좀 더 진화하겠지만 지금 당장 쓸모가 있는 것은 내공 쪽이다.

두 형이 무인이 될 것은 아니므로, 유가밀문의 체법까지 가르치지는 않을 생각이었다.

원접신공을 익히고 내공 수위를 십 년 정도 얻기만 해도 두 형은 충분히 범인에 비하면 초인적인 능력을 얻을 수 있다.

그 정도면 사실 하루에 잠을 두 시진만 잔다고 할지라도 체력이 남아돈다.

그리고 전염병에도 끄덕없을 것이며, 독에 대한 저항 능력도 강하게 가질 수 있었다.

근력도 남달라진다. 내공이 단전에 십 년 정도만 있어도 본래의 육체가 낼 수 있는 힘이 적어도 이 할은 늘어난다.

그것은 장호가 의무쌍수라는 별호를 가지고서 강호를

종횡하면서 직접 실험하고 알아낸 사실들이었다.

"좋아."

약탕기의 약이 전부 완성되었다. 장호는 그것을 들어 조심조심 그릇에 담았다.

그의 예민한 귀에 의하면 방 안의 두 형이 잠에서 깨어나고 있었다.

주방을 나서서 방으로 향했다. 방문을 열고 들어가자 두 형이 졸린 눈으로 눈을 부비고 있는 것이 보였다.

"일어났어?"

"어, 일어났다. 흐아아암. 응? 그거 뭐야?"

장삼이 물어왔다. 장호는 그릇을 바닥에 내려놨다.

"약. 몸에 좋은 거야."

"응? 뭐야. 갑자기 웬 약?"

"의방에서 일하기로 했다고 저번에 이야기했잖아."

"어, 그랬었지."

"거기에서 남는 자투리 약재를 가지고 만든 거야. 의원님이 가져다 먹어도 좋다고 했어. 이거 식으면 약효 없으니까 어서 먹어. 써도 다 마셔야 해."

"어? 어어."

아직 졸린 기가 가시지 않은 두 형이 그릇을 들었다. 그리고 조심조심 마시기 시작했다.

"크으, 이거 왜 이렇게 써?"

"원래 그런 거야."

"크으, 물 좀 가져다줘."

"여기."

이미 그냥 물도 가져온 장호였다.

꿀꺽꿀꺽.

물을 마신 장삼은 후아! 하고 숨을 내뱉었다. 그러나 장일은 물을 마시지 않고 잠시 두 눈을 감고 있었다.

"그거 매일 먹을 거야."

"응? 매일?"

"맞아. 의방에서 자투리 약재는 많이 남거든. 그것들은 상품으로 팔 수는 없는 거야. 그렇다고 버리기는 아까운 것들이기도 하고."

장호의 말을 장삼은 알아들었다. 요리할 때도 그런 것이 많다. 먹을 수는 있는데 팔 수는 없는 자투리 식재료들.

"이거 먹으면 뭐가 좋은데?"

"쉽게 지치지 않아. 적게 자도 몸이 건강해져."

"흐음. 꽤 좋은 약이잖아?"

"응. 배웠어."

사실 노의원에게 배운 적은 없었다. 전생에 알던 것이다.

지금 겨우 물이나 긷고 청소를 하는 상태다. 배우긴 뭘 배울까?

하지만 두 형은 그 사실을 모른다. 그리고 되도록 빠르게 두 형의 건강을 챙기고 싶어서 거짓말을 한 것이었다.

그리고 원접신공도 그렇게 가르칠 터였다. 되도록 철피공도 가르치고 싶지만, 철피공은 고통이 수반된 수련과 훈련이 필요했다.

그것을 익히게 하는 것은 아마도 무리겠지.

"여하튼 이제 슬슬 일 갈 시간이야."

"아아, 그래. 여하튼 고맙다, 호야."

"아니야."

그렇게 말하고서 장호는 아침상을 준비했다. 객잔에서 일을 하지 못하고 있어 반찬의 수가 좀 줄어들어 있었다.

장호는 아침상을 보면서 식재료도 얻을 방법을 궁리해 봐야겠다고 생각했다.

올바른 성장을 위해서는 영양소가 필수다.

그리고 가장 영양소를 풍부하게 얻을 수 있는 식재료는…….

장호는 생각을 하면서 아침상을 방에 가져갔다.

세 형제는 즐겁게 아침을 먹었다.

　　　　　*　　　　*　　　　*

　"콩이다."

　콩.

　유명한 약재학의 서적 중 하나인 본초강목에는 콩에 대해서 이렇게 기술하고 있다.

　성질이 따뜻하고 맛이 달며 독이 없다. 약으로 사용하면 더 좋다. 신장병을 다스리며 기를 내리어 풍열을 억제하고 혈액 순환을 활발히 하며 독을 푼다.

　또한 의식동원이라고 하는 이론에서도 콩은 육체를 강건하게 하고 질병을 물리치는 귀중한 식재료로 취급한다.

　콩은 쉽게 구할 수 있고 여러 가지 요리에도 쓰인다. 그리고 그런 콩을 가장 쉽게 먹을 수 있는 방법은 콩밥을 해 먹는 것이다.

　콩밥을 해 먹고 콩 조림을 만든다거나 콩을 발효시켜 먹는 음식을 먹으면 좋다.

　"흐음."

　콩으로 만든 것으로는 두부가 있고, 된장 같은 것들도 있다.

콩밥이야 기본으로 먹는다지만 다른 음식들은 가공식품이다. 그만큼 가격이 비싸다.

일단은 콩밥을 매일 만들어야겠다고 장호는 생각했다. 그러면서도 장호의 손은 부지런히 움직였다.

여기는 진가의방의 부엌이다. 노의원 진서에게 가져갈 아침 식사를 준비하기 위해서 요리를 하는 중이었다.

장호는 과거에 명진서의 객잔에서 오랜 시간 일했었다.

점소이로 일하다 보면 주방의 요리도 조금은 배우게 된다. 그건 일종의 관례 같은 것이다.

점소이에서 주방 보조로, 주방 보조에서 견습 숙수로, 견습 숙수에서 보조 숙수로, 보조 숙수에서 정식 숙수가 되는 것이다.

제법 역사가 깊은 요리집이나 객잔이라면 다들 이렇게 했다. 보통의 그저 그런 객잔 같은 경우에는 점소이, 견습 숙수, 숙수의 순서로 진행되지만 말이다.

애초에 그저 그런 객잔들은 숙수의 요리 솜씨도 썩 대단하지 않은 것이 보통이니 당연하다면 당연한 일이었다.

전생에서 장호는 명진서의 객잔에서 일한 기간만 십년이 넘는다. 그러다 보니 요리를 할 기회도 많았고, 실제로 꽤나 배우기도 했다.

그 실력이 지금 발휘되고 있는 중이었다. 어린아이의
손이라고는 믿을 수 없는 속도와 정확성으로 장호는 식
재료들을 절단하고 있었다.

고기가 잘리고, 채소도 잘렸다. 그것은 냄비로 들어가
적당히 볶아진 다음에 뜨거운 물에 들어가 끓기 시작했
다.

장호는 의식동원을 배우기도 했기에 노의원의 속이 편
안해질 요리를 만드는 중이었다.

의식동원이란 먹는 것으로 몸을 보한다는 의미이다.

즉, 먹는 행위도 의술의 일환으로 보는 거였다.

여하튼 노의원은 몇 년 후면 죽는다. 장호가 알기로 노
환이었다.

즉, 천수를 누리다 죽는 것이니 막을 방도는 거의 없다
고 보아야 했다. 사실 일반인이라면 지금쯤 앓아누워도
이상하지 않을 나이이기는 했다.

그런 노의원이지만 내공이 고강하여 저리 쌩쌩한 것이
리라.

여하튼 그런 노의원이니 부드럽고 소화 흡수가 잘되는
음식이 좋다. 거기에 맛도 좋으면 금상첨화.

그래서 장호는 어젯밤에 쌀을 미리 담가두었다. 불리

기 위해서다.

그리고 국에 들어가는 재료들은 푹 익히기 위해서 오랫동안 끓였다.

거기에 무를 듬뿍 갈아서 넣기까지 했다. 무는 소화를 돕는 데 탁월한 효능이 있고, 음식에 갈아 넣으면 고기를 부드럽고 연하게 하는 효능이 있었다.

이는 모두 장호가 알고 있는 지식이었다.

물론 노의원이 이를 이상하게 여길 것이라는 것도 알지만, 그것에 대한 변명은 이미 준비해 두었다. 명진서의 객잔에서 배웠다고 하면 되는 것이다.

허술한 변명이지만 문제는 없을 터였다.

어차피 노의원이 그런 것까지 확인하러 명진서의 객잔에 갈 일은 없으리라고 생각한 때문이었다.

여하튼 그렇게 장호는 식사를 만들었다. 그리고는 요리를 상에 차리고 그것을 그대로 가지고 나왔다.

"식사하세요."

"오냐."

마루에 나와 앉은 진서 의원. 그 옆에는 서건이 같이 앉아 있었다. 그 앞에 상을 놓고 장호 자신도 상 앞에 앉았다.

"흐음, 저번에도 생각한 것이다만 네 녀석은 의식동원

에 대해서 알고 있는 게냐?"

"조금은 배웠어요. 그리고 의원님은 이제 나이가 있으시잖아요."

"허허, 그래. 그렇구나. 건이 이놈아, 네놈도 이런 건 배워두려무나."

"예, 스승님."

"그래그래. 그럼 먹자꾸나."

그렇게 아침 식사가 시작되었다.

＊　　　＊　　　＊

장호의 하루는 이렇다.

새벽 일찍 일어나 유가밀문의 체법을 수련하고, 내공 수련을 한다. 그리고 형들에게 아침밥을 먹이고 의방으로 출근.

의방에 와서도 우선은 물을 길어 온다. 그리고 아침밥을 준비한다.

아침밥을 먹고 난 이후 뒤처리도 당연히 장호의 일이다.

그러고 나면 점심시간이 될 때까지 보통 한 시진 정도가 남았다. 그동안에 청소를 하는 것이 장호의 일이다.

청소를 끝낸 다음에는 간단한 간식을 준비한다.

이 중원에는 점심을 먹는 문화가 없다. 그래서 널리 퍼진 것이 바로 만두다.

간단한 간식으로 좋으니까.

여하튼 장호는 간단하게 채소 볶음을 만들어서 내놓는다. 그 이후에 설거지를 하고 공부를 시작하는 것이다.

그 생활이 벌써 열흘째였다. 장호는 적당히 이십오 일쯤에 다 외웠다고 말할 생각이었다. 너무 빠르면 뛰어나 보일 테니 곤란하지 않겠는가?

뭐든지 적당히 해야만 한다.

무공에 있어서는 적당히 해서는 안 되지만, 세상의 처세는 적당히 해야만 한다는 것을 장호는 오랜 경험으로 알고 있었다.

이렇게 말하니 내가 늙은이 같잖아.

장호는 속으로 피식 웃고 말았다.

사실 지금 장호는 책을 읽는 척하면서 내공을 수련하는 중이다.

하루에 공부를 해야 하는 시간은 세 시진 정도다. 그동안 내내 내공 수련만 하는 중인 것이다.

그리고 발견한 것이 있다.

이건 전생에 비하면 거의 두 배의 속도인데.

장호는 자신의 단전에 모여드는 내공의 양이 과거보다 두 배는 더 많다는 것을 알았다.

원접신공으로 일 년간 하루 두 시진 내공 수련을 해야 일 년 치 내공을 얻을 수 있었다.

강호의 기준으로 삼류무공은 일 년간 하루 두 시진을 수련할 경우 겨우 반년 치 내공을 얻는 것이 삼류였다.

이류는 같은 기준으로 일 년에 일 년의 내공을 얻고, 일류무공은 같은 기준으로 일 년에 이 년 정도의 내공을 얻었다.

절정으로 가면 일 년에 삼 년, 상승절학의 경우는 일 년에 사 년 정도였다.

신공절학은 일 년에 오 년으로 알려져 있는데, 전부다 그런 것은 아니고 다소 차이가 있기는 했다.

명문대파에 젊은데도 불구하고 일 갑자 수준의 내공을 가진 자들이 있는 것도 그런 이유로, 무공이 뛰어나기에 벌어진 현상이었다.

물론 무공이 뛰어나다고는 해도 노력을 꽤나 해야 하는 일이다. 하루에 두 시진씩 매일매일 수련한다는 것은 생각보다 까다롭고 어려운 일인 까닭이다.

장호의 원접신공은 그 분류상 상승절학에 맞먹는 정순함을 지녔고, 여타의 내공과 쉽게 동화되어 섞인다는 특수성을 가졌다.

그러나 그 특수성 때문에 내공이 모이는 속도는 이류 수준. 일 년을 꼬박 수련해야 겨우 일 년어치의 내공을 얻는 것이다.

그런데 지금 모이는 속도는 그 두 배나 되었다. 그리고 왜 이런 차이가 나는지에 대해서 장호는 올바른 이유를 바로 찾아냈다.

유가밀문의 체법 때문이었다.

사실 어려진 것 때문에 내공 수련이 수월하다는 것은 일전에 이미 파악했었다.

그런데 지금은 그보다도 내공이 빠르게 쌓인다. 이는 유가밀문의 체법 때문에 육체가 진화 성장 하였기에 벌어진 일.

유가밀문의 체법을 앞으로 십삼 세가 되기 전까지 꾸준히 수련한다면 적어도 내공 수련의 속도가 세 배에서 네 배까지도 올라갈 수 있을 거라고 보았다.

강제로 무골(武骨)로 만들어주는 체법인가. 이거 굉장한 것을 알고 있었던 거로군?

내공 수련을 하면서도 장호는 그런 사실을 추론해 냈다.

그렇다. 유가밀문의 체법은 이른바 무공을 수련하기

에 적합한 근골을 만들어주는 힘을 가졌던 것이다.

보통 무공의 천재라고 부르는 이들은 근골이 남다르다. 일단 그들은 내공이 모이는 속도도 빨랐고, 동체시력에서부터 오감각 전부가 평범한 이들보다 뛰어났다.

괜히 명문대파에서 근골 좋은 아이들을 찾고자 동분서주 하는 것이 아니다.

재능이 있다는 것은 그만큼 빨리 강해진다는 의미이다.

그리고 빨리 강해진다는 것은 이후에 살아남기만 한다면 초인적인 존재가 된다는 것을 뜻했다.

명문대파가 강대한 세력을 가질 수밖에 없는 이유가 여기에 있었다.

체계적인 수련, 훈련 법. 이는 체계를 가지지 못한 중소문파가 넘지 못할 벽이다.

격을 달리하는 신공절학이나 상승절학들. 이는 무공 수준이 떨어지는 중소문파가 넘지 못하는 벽이다.

뛰어난 재능을 가진 무골의 아이들. 이는 활동 반경이 협소한 중소문파가 넘지 못할 벽이다.

때문에 명문대파들의 세력이 강성할 수밖에 없는 것이다.

세 가지 이유 때문에 명문대파는 다수의 고수를 보유

하고 있었고, 다른 중소문파는 그렇지 못했다.

그리고 장호에게는 그 세 가지가 다 있었다.

의술을 접목하여 그가 스스로 만들어낸 체계적인 수련법. 그리고 원접신공이라고 하는 상승절학. 유가밀문의 체법을 통해서 얻고 있는 근골.

게다가 그에게는 시간이 있다. 이걸 이용하면 초절정의 경지에 도달하는 것도 꿈은 아니라고 할 만했다.

어쩌면 그보다도 더 높은 경지.

화경에 진입할 수 있을 수도 있었다.

여하튼 그것도 나중의 일이다. 지금 당장은 내공 수련이 급선무.

게다가, 모아들이는 내공이 많으면 많을수록 유가밀문의 체법으로 육체가 개선되는 속도 역시 상향 조정될 것은 분명한 사실이었다.

여기에 약을 먹으면 더 빠르겠지.

장호는 회심의 미소를 지었다.

*   *   *

"다 만들었군."

장호는 방 안에서 둥근 환약을 내려다보고 있었다.

진가의방은 오 일을 일하고 하루를 쉬었다.

노의원이 기력이 딸린다는 것이 이유였다.

그렇게 의방이 쉬는 날에는 산으로 가서 약초를 캤다. 의방의 약재는 많지만, 그것들에 손을 대서는 이야기가 되지 않는다.

나중에 결국 걸릴 것이고, 그것은 좋지 않은 일이었다. 때문에 장호는 직접 약초를 캐기 위해서 산에 들어갔다.

그리고 하루 종일 약초를 캐서는 집에 와서 잘 말리거나 빻거나 하는 식으로 약재로 만들었다.

그리고 지금 이 환약은 그런 약재로 만든 것이다. 이름은 증진단. 내공을 모으는 데에 도움을 주는 환약이다.

이걸 하루에 한 알, 일 년 삼백육십오 일간 매일 복용하면서 내공을 수련하면 추가적으로 반년 치의 내공을 더 얻을 수 있다.

이 환약을 만드는 것은 비전에 속하고, 어지간한 중소 문파들은 알지도 못하는 귀한 지식이었다.

이것도 명문대파에서 체계적인 수련을 위해서 개발한 물건이었으니 당연하다면 당연한 일이었다.

"어디 보자. 겨우 열다섯 개 정도밖에 못 만들었나. 약초를 좀 부지런히 캐 모아야겠는걸."

사실 산삼 같은 귀한 약재를 쓴다면 일 년에 이 년 정도의 내공을 모을 수 있는 환약도 제조할 수 있다.

그러나 현재로서는 이게 한계였다. 그나마 그가 제약술에 있어서 뛰어난 능력을 가졌기에 가능한 것이지, 일반적이라면 이것보다도 못한 것이 만들어져야 했다.

장호는 그걸 잘 싸서 부엌의 부뚜막에 올려두었다. 여기가 보관하기에 가장 적당한 장소이기 때문이었다.

그리고서 아침상을 준비했다. 여기까지는 언제나와 같은 일상이었다.

장호는 그리고 장일과 장삼을 깨웠다.

두 형은 언제나처럼 자리에서 일어섰다. 그리고 아침상에는 장호가 준비한 탕약이 있었다.

사실 장일과 장삼은 이 탕약의 효험을 제법 느끼는 중이었다.

이게 영약급이었다면 먹은 그날 즉시 효험을 보았겠지만, 장호가 숲을 돌아다니며 채집한 재료들로 만든 것이라 그 약력이 약하다 할 수 있었다.

그래도 도움은 확실히 된다.

이제 한 달 정도 마시고 있지만, 최근에는 잠에서 깨어나도 몸이 늘어진다거나 하는 일이 줄어든 것이다.

확실히 피로 회복과 기력 회복이 되고 있다. 그 체감덕분에 최근에 장일과 장삼은 장호를 대견하다는 듯이 바라보고 있었다.

"그런데 호야."

"응."

"의방의 일은 할 만하니?"

"응. 할 만해. 그리고 다음 달부터는 돈도 주신댔어."

"정말이야? 얼마나?"

"은자 두 개."

"와."

장삼이 눈을 동그랗게 떴다. 은자 두 냥이면 엄청나게 큰돈이었다.

장일과 장삼이 한 달 일해서 버는 돈이 고작해서 은자 반 냥.

둘이 합해야 은자 한 냥인 것이다.

"나도 의방에서 일할까?"

은자 두 냥이면 무척이나 큰돈이니 그렇게 생각할 만 했다.

"신소리하지 말고 밥이나 먹어."

장일이 한 소리를 해주었다.

"알어. 해본 말이야. 쩝쩝. 역시 아부지 말씀이 맞았 나? 글을 배운 게 도움이 되긴 되네."

글을 읽는다.

장일, 장삼, 장호. 세 명 다 사실 글을 잘 알았다. 그들의 아버지가 돌아가시기 전에 가르친 탓이다.

그러나 쓸데가 없었다. 그래서 잊고 살았던 삼 형제인데, 장호가 글을 읽을 수 있어 의방에서 일하게 되었으니 이것도 나름 축하할 일이다.

그러나 그 외에 글을 읽는다고 도움이 될 만한 일은 없었다. 셋 다 아직은 너무 어린 탓이다.

장호의 경우가 운이 좋았다고 보아야 했다.

"호야, 네가 돈을 크게 벌 수 있게 되었으니 다행이구나."

"응. 그렇게 생각해, 형."

장일의 말에 장호는 긍정했다.

"그래서 하는 말인데, 삼이 형은 이제 기술을 배울 생각 없어?"

"응? 그게 무슨 소리야?"

"내가 돈 벌어 올 테니까. 형도 이제 걱정 말구 기술을 배우라고. 요리 쪽은 어때? 명진서 어른에게 말해놓을게."

명진서의 객잔에서 점소이 겸 숙수로 일을 배워볼 생각이 없느냐고 묻는 거였다. 갑작스러운 제안이지만, 나쁘지 않은 일이기도 했다.

물론 돈은 그리 잘 벌지 못한다. 객잔의 점소이는 본래 숙식만 제공하는 것이 기본이고, 대부분은 손님들이 주는 잔돈이 수입원이다.

운이 좋으면 일 년 벌 돈을 한 번에 벌지만, 그렇지 못하면 한 달 내내 돈 한 푼 쥐지 못한다.

그나마 대부분의 객잔은 점소이에게 요리를 가르친다.

그것만 배워도 어디 가서 굶어 죽을 걱정은 하지 않게 되는 것이다. 예를 들어 만두를 만드는 기술만 배워도 꽤 쓸 만 한 기술이라고 할 만했다.

"좋은 생각이구나. 삼아, 해봐라."

"으응? 잠깐, 이거 얼렁뚱땅 결정할 일은 아니잖아. 생각 좀 해봐야지. 게다가 우선 한 달간은 할 일도 있고."

"그래? 그럼 생각하고 말해줘."

"그러마."

장삼은 고개를 끄덕였고, 장호는 흐릿하게 미소를 지었다.

일 형, 삼 형.

둘 다 내가 지켜줄게.

"꺼억. 잘 먹었다."

"일 나가봐."

"그랴. 다녀오마."

두 형들은 채비를 갖추고 방을 나간다. 그런 두 형의 뒷모습을 물끄러미 바라보던 장호는 상을 치우고서 자신 역시 밖으로 나갈 준비를 했다.

第六章

계획은 세워봤어?

목표가 있다면 더 능동적으로 움직일 수 있다.

현자 불지(不知)

의원귀환

서걱서걱.

마른 나뭇가지 같은 식물을 작두를 사용해서 능숙하게 잘라내는 손은 아무리 보아도 어린 소년의 것이었다.

그러나 어린 소년의 그 손은 전문가 같이 정확하게 식물을 잘라내고 있었다.

손의 주인의 이름은 장호.

이제 나이 열두 살의 어린아이지만, 몇 달 전부터 진가 의방에서 일하게 된 소년이기도 했다.

장호는 의원이 내어준 책을 다 외웠다고 알렸고, 그때

부터는 약재를 다듬고 정리하는 일을 하게 되었다.

이 업무는 본래 장호의 사형이라고도 할 수 있는 서건이 하던 일이다.

서건은 의종으로서 노의원 진서에게 의술을 전수받는 대신에 의방의 여러 가지 자질구레한 일들을 도맡아 하고 있었다.

식사, 청소, 물 길어 오기, 약재 정리 등의 일이다. 그는 진서의 밑에서 삼 년간 일했고, 지금에 와서는 약술에 있어서는 제법 배운 티가 났다.

약재를 조합하여 탕약, 환약 등을 제조하는 의술인 약술. 이 약술에 있어서는 제법 괜찮은 실력과 식견을 갖추게 된 것이다.

대부분의 잔병치레는 이런 약술로 치료가 가능하다.

배탈, 설사, 오한, 발열, 중독 같은 것들이 이에 속한다. 그보다 심한 병은 침과 뜸, 그리고 추나와 부술을 사용하기도 했다.

서건도 그리고 장호도 사실 몰랐지만 진서 의원은 이 넓은 중원에서도 상급이라고 쳐줄 만한 명의였다.

황궁에서 일하는 어의와 강호에서 신의라고 부르는 사람들을 제외하고서 가장 실력 좋은 의원이 바로 명의라고 불리는 사람들이다.

진서 의원이 대도시에 자리를 잡았다면 부귀영화를 누릴 수 있을 정도의 실력은 되는 것이다.

의술 자체만 놓고 보면 전생의 장호보다 높은 수준이라고 할까?

물론 장호는 이에 대해서 알지 못했고, 관심도 없었다.

"호야, 다 했어?"

"예, 다 했어요."

"그래? 그럼 환약 만드는 것 좀 도와줄래?"

"그럴게요."

오전에는 주로 청소, 물 길어 오기, 아침상과 점심의 간식거리를 준비하는 일 때문에 시간이 없다.

때문에 장호의 일은 점심의 간식시간이 지나면서부터 본격적이 된다. 약재를 다듬고, 그걸 사용하기 좋게 정리하여 수납하는 것이 장호의 주 업무였다.

그걸 다 하는 데에 거의 하루가 다 걸린다.

저녁즈음 해서 의방은 문을 닫는데, 그때까지는 장호도 일을 부지런히 해야 했다.

책을 읽을 때에는 읽는 척하면서 내공 수련을 열심히 했다. 그러나 지금은 몸을 움직여야 하기 때문에 내공 수련을 할 수가 없었다.

내공 수련이라는 것은 보통은 앉아서 움직이지 않고

하는 것이 많다.

동공이라고 하여 움직이면서도 내공을 수련할 수 있는 내공심법이 존재하지만, 그것들은 대부분이 상승절학 이상의 무공으로 명문대파들이 아니면 손에 넣기 어려운 것이었다.

물론 강호에는 기인이사가 많고 일인전승의 문파도 있어서 그런 무공들이 강호에 돌아다니기는 했다.

하지만 그것들은 이른바 기연을 얻어야 손에 넣을 수 있는 무공이었다.

사실 장호도 나름대로 기연을 얻은 셈이 아니던가?

비록 상승절학 이상의 무공은 아니었지만, 여하튼 제법 걸출한 무공서를 얻은 것이 장호다.

게다가 여타의 무공서와 다르게 장호가 얻은 비급은 의술도 같이 배워야 해서 다른 무공에 비하여 아주 자세히 무공을 가르쳐 주는 비급이었다.

탁.

약재 정리를 끝낸 장호는 약재실을 나가 제약실로 향했다. 그곳에는 몇 가지 약재를 빻아서 가루로 만들고, 그것을 뭉친 후 송진을 발라 환약으로 만드는 서건이 있었다.

"이것 좀 빻아주라."

"네."

장호는 군말 없이 앉아서 절구를 받아 들었다.

감기 환자가 늘었나? 십전대보탕용 약재들이잖아?

"그것들은 종이로 잘 쌓아놔."

"감기 환자가 늘었어요? 왜 이렇게 많이 만들지?"

"아니. 슬슬 늘어날 거야. 곧 겨울이니까."

겨울이라고 해도, 감기에 걸렸다고 해도 약 한번 제대로 해 먹지 못했던 장호와 장호의 가족이었다.

"감기는 제때 치료 못하면 죽으니까 말이다. 미리미리 지어놓으면 꽤 나가. 한가할 때 만들어둬야지. 나중에 환자들이 몰릴 때 만들면 너무 바빠지니까."

"그 환약은요?"

"이건 보양환이야. 재료는 감초, 하수오……."

서건이 이런저런 것을 설명해 주었다. 보양환은 장호도 처음 보는 환약이었는데, 아무래도 진가의방의 비전 제약술인 듯 보였다.

"이것들을 일정한 비율에 따라서 섞은 거지. 섞을 때도 주의를 요한다고. 잘 기억해 둬."

장호는 잠시 멍해졌다.

섞는 비율과 섞는 방법까지 한 번에 주욱 말해주는 서건의 행동 때문이다.

물론 보통 사람이라면, 그리고 의종 생활을 하는 사람이라고 할지라도 한 번 듣는 것만으로 약을 만드는 것은 불가능하다.

그렇다고는 하지만 이런 것 하나하나가 바로 비전이고 비의다. 이런 것을 이렇게 쉽게 나불거리면 안 된다는 뜻이다.

게다가 장호의 경우에는 진서 의원보다 의술이 조금 떨어진다고는 하지만 제법 높은 수준의 의술을 가지고 있었다.

또한 장호의 특기는 독과 제약술. 그러니 듣는 것만으로도 어떤 의도에서 만들어진 환약인지 알 수 있었고, 만드는 방법도 단번에 이해할 수 있었다.

"예?"

그래서 자기도 모르게 반문해 버리고 말았다.

"잘 기억해 두라고. 내일부터는 너도 하루에 백 개씩 만들어야 해."

장호는 살짝 질려 버렸다. 하루에 백 개? 그렇게 많이? 그래서 비전을 쉽게 가르쳐 주는 건가?

"그래도 내가 너 때문에 살았다, 야. 작년과 재작년에는 밤새 해야 했거든. 이야, 정말 죽을 맛이었어. 이거 나름대로 비전이라고 해서 남한테는 가르쳐 줄 수도 없다고 하시더라고. 그래서 내가 혼자 다 했지."

"아, 예."

그럼 왜 나한테는 이렇게 쉽게 가르쳐 주는 건데? 라는 말이 목구멍으로 솟아 나왔다.

"이런 거 아무에게나 가르쳐 주는 거 아니야. 스승님이 네 녀석을 좋게 보셔서 그런 거라고. 그러니 너도 스승님에게 잘해라. 알았지?"

뭐야. 그러면 서건이 내 사형이 되나?

강호에서는 나이가 아닌 스승을 모신 순서로 사형제가 된다. 먼저 입문한 사람이 사형이고, 뒤에 입문한 사람이 사제다.

그런데 말을 듣자 하니 진서가 자신을 제자로 삼을 생각을 가지고 있는 듯 보였다.

진서에게는 아무런 이야기도 듣지 못했는데, 서건이 이야기를 하고 있는 형국에 장호는 당황감을 느껴야 했다.

"아, 예."

"여하튼 그거 다 빻았으면 이거도 빻아."

"예."

장호는 뭐가 뭔지 모르겠다는 생각을 하면서 약재들을 가루로 만들었다.

　　　　　*　　　　*　　　　*

　장호는 하루의 일과를 끝마치고 집으로 돌아갈 준비를
마쳤다. 장호가 일하는 시간은 엄밀히 말하자면 두 형에
비하여 적다.

　두 형은 하루 여덟 시진은 일을 한다. 그런데 장호는
사실 다섯 시진 정도만 일을 했다. 세 시진 정도의 차이
가 있는 것이다.

　하루가 열두 시진이니, 잠을 자는 시간과 일터로 이동
하는 시간을 생각하면 장일과 장삼은 대단히 빠듯하게
살아가고 있다고 해도 과언은 아니었다.

　사실 그래서 장호가 집안일을 하는 것이기도 했다. 두
형은 늘 피곤했고, 자기를 계발한다거나 할 시간이 거의
없었다.

　여하튼 장호는 보통 새벽인 축시(오전 1시～오전 3시)가
끝날 때쯤에 일어나난다.

　잠은 자시(오후 11시～오전 1시)에 자는데, 하루에 겨우
한 시진 정도 잠을 잔다고 보면 되었다.

　물론 이것은 건강에 어마어마하게 무리가 가는 일이지
만, 장호에게는 아무런 문제가 없었다.

최근 쉬는 날마다 채집한 약재들로 보약을 만들어 먹으면서 내공 수련을 하고, 유가밀문의 체법을 수련한 효과가 어마무지 했기 때문이다.

피로는 전혀 느껴지지 않았고, 또한 몸에 힘이 넘쳤다. 여기에 의식동원의 지식으로 만든 여러 가지 음식도 큰 도움이 되었다.

우선 콩을 많이 먹었다. 밥은 콩이 반이고 보리와 쌀이 반인 수준이었는데 이게 정말 건강에 좋은 음식이었다.

최근에는 고기도 구해서 먹을 생각이었는데, 고기가 몸을 만들어주는 데 지대한 영향을 끼친다는 사실을 알고 있기 때문이었다.

여하튼 장호는 자신이 계획한 대로 행동 중이었다.

두 형들에게 보약을 장복시켜 기력과 체력을 끌어 올리고, 시간을 만든 이후에 원접신공을 전수한다.

그리고 그 자신도 수련을 계속하고, 이번 겨울이 지나고 봄이 오면 유가밀문의 체법 수련을 그만두고 본격적으로 내공을 모으기로 한 것이다.

사실 더 오랜 시간 유가밀문의 체법을 수련하면 좋을 것이라는 것은 잘 알지만, 시간을 계산해 보면 더 이상 수련하기에는 무리가 있었다.

적어도 열세 살부터는 슬슬 내공을 쌓아서 모아두지

않으면 오 년 안에 절정고수의 기준인 반 갑자의 내공을 얻기가 어렵다고 본 것이다.

절정고수가 되기 위해서는 검기를 내뿜을 수 있어야 한다. 혹은 기를 뿜어내어 허공을 격하고 상대를 타격하는 허공격이 가능해야 했다.

이는 내공만 많다고 되는 일이 아니다. 내공의 제어와 운용 능력에 대한 깨달음이 있어야 한다.

그러나 내공이 적어서도 안 된다. 적어도 반 갑자는 되어야 전투에서 써먹을 정도가 되는 것이다.

반 갑자면 정확히 연수로 따져서 삼십 년어치의 내공이다.

장호의 현재 속도는 일 년에 삼 년 치의 내공을 모을 수 있는 정도인데, 여기다가 내공증진에 도움이 되는 약을 먹어서 일 년에 대략 사 년 치를 모을 수 있는 상태였다.

즉 팔 년 정도만 꾸준히 하면 반 갑자를 넘는다는 말.

하지만 장호는 그 기간을 삼 년 단축하여 오 년 만에 할 생각이었다.

그 계획의 핵심은 이렇다.

하루에 내공 수련하는 시간을 두 시진에서 세 시진으로 늘린다.

그러면 당연히 더 많이 내공을 쌓을 수 있다.

실상 하루 내공 수련의 기준이 두 시진 데에는 이유가 있다.

강호의 명문대파에서는 그들의 제자에게 가르칠 것이 많은 까닭이다. 글 공부를 비롯해 무공 중에서도 외공과 초식 같은 것에서부터 수신을 위한 것들까지.

하루 동안 내공 수련을 제외하고도 배울 것이 산더미처럼 많았다.

장호의 경우에는 먹고살기 위해서 할 일이 많았다.

그러다 보니 한 시진의 내공 수련을 더 한다는 것은 다른 쪽에서 시간을 뺀다는 의미이다. 시간은 공평해서 누구나 다 하루 열두 시진을 보내기 때문.

장호는 그럼에도 수련 시간을 길게 잡고 있다.

내공 수련은 세 시진, 유가밀문의 체법을 한 시진, 거기에 초식 수련과 근골 단련이 한 시진, 총합 다섯 시진.

거기에 일하는 시간이 다섯 시진에, 출퇴근 시간이 한 시진이다. 남은 한 시진은 형들 뒷바라지하는 데 쓴다.

이렇게 완벽하게 하루가 결정된 것이다. 그리고 적어도 겨울이 지나서 봄이 오기 전에는 이 시간의 변동은 거의 없을 터였다.

장호가 세운 계획은 이러했다.

가을은 거의 지나갔고 이제 곧 겨울이 온다.

겨울은 장호 삼 형제에게도 제법 혹독하다. 이 겨울을 위해서 비축한 자금과 식량이 있다지만 잘못하면 굶기 십상.

그러나 장호에게는 호구지책이 있었다. 바로 약재다.

약재를 캐다가 직접 먹는 것도 먹는 거지만, 적당히 팔아치우면 겨울을 나기에는 충분하다.

때문에 장호는 이번 열두 살의 일 년은 기반 조성을 목표로 하였다.

두 형들에게 탕약을 먹이고, 원접신공을 가르칠 명분을 확보하고. 그 스스로의 몸을 더 뛰어난 근골로 변화시키는 유가밀문의 체법을 수련하는 것.

그것이 바로 이번 일 년간의 기반 조성 계획이었다. 그렇게 겨울을 보내고 나면 두 형도 내공을 가지게 될 것이고, 그 자신도 뛰어난 무골이 되어 있을 터였다.

그 정도면 충분하다.

그리고 기회를 봐서 이 의방을 그만둔다. 그리고는 아예 산을 돌아다니면서 약초 채집을 하고 팔기도 하면서 환약을 제조해 섭취하는 것.

그것이 바로 내년의 계획이었다.

자, 그러면 이제 할 일은 뭐냐?

열심히 사는 것뿐이었다.

그가 기억하기로 이 마을에는 큰일이 일어나지 않으니까 말이다.

하지만 그런 장호의 생각은 그가 퇴근을 하고서 집으로 향하는 그 순간부터 일그러졌다.

* * *

"응?"

집으로 가려고 채비를 하고 나온 장호는 서건과 진서가 어딘가로 가려는 채비를 하는 것을 보았다. 진서는 느긋이 앉아 있었는데, 서건이 그런 진서를 위해서 이인교를 불러놓은 상태였다.

하기사, 노의원 진서는 나이가 꽤 있다.

그냥 걸어다니는 것은 무공의 고수인 그에게 그리 어려운 일은 아니나, 외부인이 보기에는 힘겨워 보일 수도 있었다.

"어디 가세요?"

이인교에 올라앉은 진서가 책을 들여다보고, 왠지 관병 같아 보이는 이들이 뭔가를 주섬주섬 챙기고 있었다.

"응? 뭐야, 너 아직 집에 안 갔어?"

"잠깐 뭐 좀 정리하느라고요."

"그렇구나. 현령님이 왕진을 부탁하셔서 말이야. 그래서 스승님을 모시고 가볼 참이었어."

"아, 그렇구나."

어쩐지 관병들이 있더라니.

"맞아. 너 시간 좀 되냐?"

"예? 시간이야 되는데 왜요?"

"환약 좀 만들고 있어. 나갈 준비하느라고 못 만들었거든."

"네."

장호는 속으로는 투덜거렸지만 겉으로는 순순히 대답해 주었다.

이런 일들은 사실 꽤나 흔하다.

"그럼 다녀오마. 오기 전에 다 되면 문 잘 잠그고 가고."

"예, 다녀오세요."

"스승님. 그럼 가시죠!"

이인교로 다가간 서건이 노의원 진서와 함께 대문을 빠져나갔다. 관병들도 우르르 그 뒤를 따랐다.

장호는 그걸 멀거니 보다가 한숨을 내쉬었다. 그리고는 대문을 닫아걸고 약재실로 향했다.

빨리 일을 처리하고 집에 갈 생각이었다.

"수련할 시간이 조금씩이지만 빠진단 말이지. 으음, 역시 일을 그만두는 것이 나으려나. 하지만 돈 나올 구석이 없어. 쯧, 은자 백 냥만 있어도 걱정이 없겠구먼."

은자 백 냥.

거금이다. 이 정도면 장호 형제가 몇 년간은 먹고살 수 있는 돈이니 거금이 아닐 수가 없었다.

은자 한 냥하고 동전 오백 냥. 그 정도로 한 달을 가난하게 연명하던 삼 형제이니, 은자 백 냥은 그야말로 몇 년을 먹고살 돈이었다.

"으음, 비급 사냥 같은 거라도 해야 하나."

제약실로 들어서며 장호는 돈을 마련할 방도를 생각했다.

당장 그가 돈을 벌 수 있는 방법은 그리 많지 않았다.

그의 육체와 무공은 아직 약하고, 그가 가진 것 중에서 가치 있는 것은 지식들뿐.

그러나 이 지식도 그가 힘을 가져야 돈을 교환할 수 있으니, 이는 쉽지 않은 일이리라.

그러니 장호로서는 고민될 수밖에 없다.

가진 바 기반이 없고 나이가 어리다는 것이 이토록 제약을 줄 줄이야.

두 형이 없었더라면 더 자유로웠을 수도 있으나, 두 형을 버린다는 것은 차라리 그냥 죽는 것보다 더 큰 아픔이었다.

기적과 우연이 그에게 다시 돌려준 형제이다. 두 형제를 두고 어디를 간단 말이냐?

때문에 장호는 생각에 생각을 거듭했다.

중요한 것은 명분이다.

자신이 어떤 행동을 해도, 그 행동을 정당화할 수 있는 명분. 그게 있으면 그의 지식을 돈으로 교환할 수가 있을 터였다.

어쩐다?

그렇게 생각하면서도 손은 부지런히 보양환을 만들었다. 최근 날이 급격히 추워지면서 이 보양환이 꽤나 잘 팔리고 있었기 때문이다.

알고 봤더니 진가의방의 보양환은 마을 주민들에게만 팔리는 게 아니었다. 이 마을을 지나는 상인들에게도 인기였고, 이 마을을 주로 다니는 표사들에게도 인기였다.

듣자 하니 보양환이 내공을 빠르게 회복시켜 주는 데 효험이 있다고 한다. 그리고 그건 사실 장호도 알고 있던 사실이었다.

보양환은 음양이기의 조화가 아주 잘 잡힌 약으로서,

특히 남성에게 도움이 되는 환약이었기 때문이다.

장호는 보양환에서 연단술을 떠올렸다.

연단술은 제약술보다도 한 수 위의 지식으로, 의술에서도 최고로 치는 지식이다.

아마도 노의원 진서는 고명한 연단술을 수련하고 연마한 의원이라고 추측할 수 있었다.

그리고 그런 장호의 추측은 사실이기도 했다.

진서는 연단술을 연마하고 수련한 사람이 맞았으니까.

여하튼 이렇게 저렇게 궁시렁거리면서 보양환을 만들던 장호는 대문을 두드리는 다급한 손길의 소리를 들을 수 있었다.

"이 야밤에 누구람?"

장호는 구시렁거리면서 대문으로 향했다.

第七章

실수해 부렸다

모사재인 성사재천(謀事在人成事在天)

일은 사람이 꾸미나,

결과는 하늘이 정한다.

중국 속담

의원귀환

"누구십니까?"

우선 대문을 열지 않은 장호는 대문 밖에 대고 소리를 질렀다. 그도 강호에서 여러모로 굴렀었고, 무공도 꾸준히 익히고 있는 몸.

사람도 여러 번 죽여본 숙련된 강호인이기도 한 그다.

보통 강도 정도라면야 열두 살의 어린 몸으로도 얼마든지 쓰러뜨릴 수 있지만, 혹시 상대가 강호인이거나 다수라면 곤란했다.

그러니 우선은 말을 하여 상대가 누군지 파악하려고 한 것이다.

그리고 가만히 눈을 감고 바깥쪽의 기척을 느끼려고 했다.

유가밀문의 체법으로 오감이 민감해져서 밖의 소리가 아주 잘 들렸다.

거친 호흡이 하나.

그리고 다 죽어가는 호흡이 하나.

상대는 두 명.

"어서 문 열어주세요! 중상의 환자예요!"

어린 여자아이의 목소리였다. 그러나 제법 당차고 말투도 또렷했다. 귀엽고 예쁜 그 목소리가 뾰족하게 날이 서 있었다.

어디선가 들어본 목소리인데?

장호는 그렇게 생각하면서 일단은 적은 아니라고 생각되어 대문의 잠금쇠를 열었다.

그리고는 놀랐다.

눈앞에는 생각 치도 못한 모습이 있었다.

아주 귀엽고 예쁘장한 소녀.

나중에 성인이 되면 경국지색이라고 불릴 것 같은 예쁜 여아가 피투성이가 되어 있는 중년 사내를 등에 업고 있었다.

이마에 주름을 만들고 눈동자에는 안타까움과 다급함이 가득했다. 그 모습 자체가 그에게는 의외의 모습이었다.

어린 여아가 사내를 저렇게 업고 올 정도라니?

필시 강호의 여아로구나.

내력이 제법 있는 것을 보니 명문대파의 제자거나 명문세가의 자제겠어.

딱 보니 견적이 나왔다.

"일단 들어와."

자신보다 나이가 어려 보이기에 장호는 그냥 반말을 하기로 했다. 그리고 시급한 상황이기도 하니 어쩔 수가 없었다.

장호의 말에 소녀는 고개를 끄덕이더니 중년 사내의 발을 질질 끌면서 업은 상태로 안으로 들어왔다.

신장 차이 때문에 발이 끌리는 것은 어쩔 수 없었다.

그렇게 둘을 들인 장호는 우선 다시금 문을 닫아걸었다.

그리고는 속으로 재미없게 되었다고 투덜거렸다.

강호인의 분쟁에는 가급적 끼지 않는 것이 나았다.

그래도 이렇게 돕기로 한 것은, 노의원 진서는 앞으로

이 년은 더 살다가 귀천하기 때문이다.

즉 이 소녀와 중년인은 애초에 여기에 올 운명이었고, 아마도 진서에 의해서 구함을 받았으리라.

혹은 노의원 진서가 현령에게 간 사이에 도착했기 때문에 치료를 못 받고 죽었거나.

어찌 되었든 노의원 진서에게는 별다른 영향을 주지는 않았을 터.

그렇지 않았던들 진서가 이 년 후에 귀천할 리가 없지 않은가?

게다가 그동안에도 별다른 일은 없었다. 만약 진가의 방이 공격당했다면 점소이를 하던 장호가 모를 리가 없는 것이다.

여하튼 안쪽으로 둘을 들인 장호는 우선 진찰실로 데리고 가서 침대에 중년 사내를 눕혔다.

그리고 피투성이인 데다가 반쯤 넝마가 된 옷을 가위로 잘라내었다.

고급의 비단이었고, 옷을 자르다 보니 돈주머니와 호패와 노인도 나왔다.

"이거 옆에 놔."

장호의 말에 소녀는 고개를 끄덕이고는 옆의 빈자리에 돈주머니와 호패, 노인을 두었다.

그 사이에 장호는 상처를 면밀히 살폈다.

검상(劍傷)이었는데, 살이 아주 매끈하게 잘려 나가 있었다.

그리고 금창약이 발라져 있음에도 상처가 아물 생각을 하지 않고 있었다.

금창약이란 일종의 연고다.

상처에 달라붙어 지혈을 하고, 나쁜 기운이 들어오지 못하게 막으며, 상처 회복을 빠르게 만들어준다.

그런데 지금 보니 지혈은 되지만 딱쟁이가 진다거나 하지는 않고 있었다.

"검기에 당했잖아. 이거 까다로운데……."

기격(氣擊).

기를 담아 공격한다고 해서 기격이다. 기격은 당연한 이야기지만 일반 공격보다 지독하게 상처를 입힌다.

장호가 장기로 하는 심류장이 일류무공임에도 꽤나 강력한 위력을 보이는 것은 바로 그 내가중수법에 대한 공능 때문이 아니던가?

심류장을 받쳐줄 내공만 있다면, 이 심류장을 맞고 살아남을 자가 그리 많지 않을 정도다.

이런 기격에 당하면 상처가 제대로 아물지를 못한다. 제대로 치료를 하지 않으면 출혈이나 상처 때문에 죽음에 이를 수가 있다.

보통은 환자가 정신이 있을 때에 요상결이라고 부르는 기격에 당한 상처를 완화하여 상처에 서린 기운을 풀어내는 행위를 한 이후에 의원이 치료하는 것이 일반적이었다.

그런데 지금은 환자가 이미 혼절한 상황.

이런 상황에서는 의원이 직접 이 상처에 서린 기운을 풀어내야만 했다.

그러나 이런 지식을 아는 의원은 그리 많지가 않다.

대도시의 유명한 명의 정도나 되어야 아는 의술이기 때문이다.

물론 장호야 이런 상처쯤은 대수롭지 않았다.

그가 의무쌍수라고 불리던 것이 괜한 것이 아니다.

장호는 잠시 생각하다가 우선 상처의 기운들을 제거할 방법을 생각해 냈다. 우선 일반인도 할 수 있는 방법 중의 하나는 열기를 이용하는 것이다.

열기는 뜨거운 기운이다.

그것은 어지간히 강한 기운이 아니라면 대부분 풀어줄 수가 있었다.

장호 자신에게 내공이 있다면 그렇게 할 필요는 없었겠지만 어쩔 수 없는 일이었다.

장호는 치료를 하겠다고 결정했고, 재빠르게 움직였
다.

*   *   *

소녀는 놀란 표정을 지어 보였다.

그녀는 보통 의원이 기격에 당한 상처를 제대로 치료
할 수 없다는 것을 알고 있었다.

그래도 의원이니 자신이 조력자를 부를 동안에 시간을
벌 수 있을까 싶어서 찾아온 것일 뿐이었고, 그 시간은
천금보다도 귀중할 터였다.

이미 가문의 비전의 금창약과 단약을 먹였다. 그럼에
도 불안하여 이렇게 의원에 온 것이다.

그런데 설마 자신의 또래, 혹은 자신보다 한두 살 많아
보이는 소년이 단번에 상처를 알아볼 줄이야.

처음부터 하대를 하는 소년의 행동은 그녀에게 불쾌감
을 주었으나, 지금 눈앞에서 보이는 소년의 행동은 그 불
쾌감을 단번에 날려 버렸다.

우선 재빨랐다.

방의 구석에 마련된 아궁이로 가서는 불씨를 살려 불
을 붙이더니, 밖으로 나가서 물이 가득 든 큰 주전자를

실수해 부렸다 165

가지고 왔다.

그렇게 물 주전자를 아궁이 위에 올려놓은 그는 여기 저기에서 약재를 가져와서는 가루로 내고, 그것을 물 주전자에다가 쏟아부었다.

"금창약 줘봐."

"으응."

소녀는 자신도 모르게 금창약이 든 목갑을 건네었다.

"흠, 이건 제갈세가 건데……."

소년 딴에는 작게 중얼거린 거였지만, 소녀는 똑똑히 들었다.

우리 가문의 전용 약을 알아?

그렇게 놀라고 있는데 소년이 슬쩍 자신을 보는 것을 보았다.

그 얼굴은 실수했군, 이라는 표정 같았다.

소녀는 점점 더 이 소년이 기이하다는 것을 깨달았다.

여하튼 소년은 금창약을 덜어서는 상처에 덕지덕지 바르더니 물 주전자가 끓어오르자 얼른 달려갔다. 그리고 주전자 뚜껑을 열고 한쪽에 걸린 깨끗한 마른 헝겊을 그 안에 집어넣었다가 뺐다.

열기가 흘러나오는 헝겊은 까맣게 물들어 있었다. 아까 넣은 약재들이 끓여졌기 때문이었다.

소녀가 보는 사이에 소년은 그걸 가져다가 상처에 가져다 대었다.

소녀로서는 처음 보는 치료 방법이었다.

그걸 몇 번 반복하던 소년은 상처와 상체의 약액을 닦아내고 상처를 유심히 보았다.

그리고는 소녀에게 손을 내밀었다.

"머리카락 열 가닥만 줘."

"뭐?"

"빨리 줘. 상처가 너무 커."

"아, 알았어."

소년의 당연하다는 듯한 행동 덕분에 소녀는 자신도 모르게 엉겁결에 똑같이 반말로 대꾸하고는 머리카락을 뽑아서 주었다.

소년은 그걸 끓고 있는 주전자에 넣었다가 빼기를 반복, 그리고는 세 가닥씩을 꼬아서 얇은 실인지 줄인지 모를 것을 만들었다.

그리고 이어진 행동은 소녀의 생각을 뛰어넘는 것이었다.

어디선가 바늘을 꺼내어 똑같이 주전자에 넣었다 빼더

니, 그 끝에 머리카락을 연결하고 그걸 가지고서 숙부의 상처를 꿰매기 시작한 것이다.

쩍 벌어져 있던 상처가 봉합된다. 그러고 나서 소년은 다시금 금창약을 덕지덕지 발랐다.

"좋아. 이 정도면 과다 출혈로 죽지는 않을 거야. 기혈이 엉망인 건 조금 시간이 걸리겠지만, 이러면 당장 죽을 염려는 없어."

"꽤, 괜찮은 거야?"

"이제 괜찮아."

소년은 그리 말하고서 소녀의 숙부의 몸에 난 혈흔과 약액을 깨끗이 닦아내고 끓고 있는 주전자를 가지고 밖으로 나갔다.

"그러면 옆에 빈자리에서 대충 누워서 쉬어."

"어? 응. 고, 고마워."

"뭘 이런 거 가지고. 일단 자. 자고 일어나면 돈은 그때 계산하자고."

소년은 그리 말하고서 그대로 밖으로 나가 버렸다. 소녀 제갈선린은 그런 소년의 뒷모습을 멍하니 바라보고만 있었다.

*　　*　　*

"내가 몸이 어려지면서 정신도 어려지긴 했나 보네. 실수 했어. 이거 큰 실수인데 어쩐다?"

장호는 제약실로 가면서 중얼중얼거리고 있었다.

그렇다.

그는 오늘 큰 실수를 했다. 그것도 꽤나 여러 번 실수를 했다.

그 실수가 무엇이냐?

우선 의술 실력을 보인 것이 첫 번째 실수다.

너무 급해 보여서 우선 치료를 하고 본 것인데, 그래서는 안 되었다.

그는 아직 의술을 정식으로 배우지 않았고, 이런 실력은 하늘에서 뚝 떨어진 것이나 다름이 없는 것이기 때문이었다.

그것도 문제지만 제갈세가에서 만든 오행금창약인 것을 알아차린 게 저 여아에게 알려졌다는 것도 문제였다.

강호의 명문세가, 명문대파들은 각기 다른 금창약을 쓴다.

즉, 특색이 서로 다르다는 이야기이다. 그러나 그 특색을 제대로 알아볼 수 있는 의원의 수는 그리 많지 않았다.

여기서도 자신의 실력을 내보인 셈이다.

전자가 어영부영하다가 스승으로 모시게 될 것 같은 진서 노의원에게 어떻게 변명하느냐를 고민하게 만들었다면, 후자는 이 일 때문에 제갈세가와 얽힌다거나 하는 일이 벌어질 수 있는 문제를 만들어냈다.

그래도 치료는 잘했지만, 그게 문제가 아니지 않은 가?

전생의 장호였다면 이런 실수는 하지 않았을 터. 이건 명백히 장호 자신이 풀어졌기 때문이었다.

"쯧."

장호는 혀를 차고서는 고개를 흔들었다.

이미 벌어진 일, 어쩔 수 없었다. 이번 일을 타산지석, 반면교사로 삼아서 앞으로는 실수를 하지 않겠다고 다짐한 장호는 이 일들을 수습할 방도에 대해서 생각해 보았다.

우선 스승이 될 것 같은 진서 노의원에게는 사실 가문에 비전으로 내려오는 의서를 익혔다는 식으로 이야기를 하기로 했다.

그거 외에는 할 말이 없기도 하다.

사실 서른다섯 살 먹은 의무쌍수라고 불리던 이였는데

갑자기 열두 살이 되었습니다, 라고 해봤자 아무도 안 믿을 것이 아닌가?

여하튼 변명은 그만하면 되긴 하지만, 그 이후에는 어떻게 될까? 그걸 생각하면 골치가 아팠다.

예상되는 반응은 두 가지. 묵인과 거절이다.

묵인은 그렇구나 하고서는 그냥 장호를 그대로 두는 것이다.

그다지 현실성 없어 보이는 방향이었다.

거절은 장호를 내보내는 거였다. 일종의 파문이라고 할까?

여기서 장호를 죽여 없앤다와 그냥 내보낸다의 선택지가 생긴다.

어느 쪽일까?

진서 노의원의 성정으로는 아마도 그냥 내보낸다가 될 가능성이 높았다.

어찌 보면 장호가 원하던 상황이기도 하다.

의방의 일을 그만둘 시기를 가늠하고 있었기 때문이다.

다만 찜찜한 상황으로 의방의 일을 그만두게 된다는 것이 마음에 걸릴 뿐.

"뭐, 어쩔 수 없나."

일단 거기까지 생각한 장호는 그 이후 행보에 대해서 생각했다.

저 여아는 반반의 확률로 제갈세가의 여아일 거라고 짐작되었다.

왜 반반이냐면, 제갈세가의 금창약을 가지고 있다고 해서 제갈세가의 여아일지는 알 수 없기 때문이다.

게다가 결정적으로 장호는 자신과 같은 또래의 여아가 제갈세가에 누가 있었는지는 잘 기억이 나지 않았다.

제갈세가의 장중보옥 제갈화린의 경우야 워낙 유명하다지만, 그 외의 제갈세가 혈족에 대해서는 보통 강호인 수준으로밖에는 모른다.

제갈세가가 명문이고 대단한 가문이기는 하지만 그 구성원 전원이 유명하다고 하기에는 무리가 있다.

제갈세가의 가주, 총관, 외당주, 내당주 같은 대외적으로 알려진 이들이나 제갈화린 같은 특수한 경우를 제외한다면 그 혈족에 대한 이야기는 직계 혈족 정도뿐만 알려져 있다.

그 알려진다는 것도 이야깃거리일 뿐이지, 자세히 기억하는 이는 그리 많지 않았다. 특수하게 정보를 취급하는 직책에 있다면 모를까.

장호로서는 금시초문.

일단 저 여아가 제갈화린일 리는 없다. 제갈화린은 지금쯤 코를 훌쩍거리는 꼬맹이일 테니까.

그렇다면 저 여아가 제갈세가의 여식이라고 가정했을 때 아마도 제갈화린의 언니일 터였다.

사촌언니인지 친언니인지는 모르겠다만 제갈세가의 일족이라면 확실히 언니일 터.

대충 보아하니 이제 겨우 열 살 전후로 보이는 여아다.

그런데 말이 당차고 내력이 제법 고강한 것으로 보아 적어도 직계 혈족일 가능성이 높다.

어린아이가 내공이 높기 위해서는 어렸을 적부터 내공 증진의 약을 먹지 않으면 불가능하기 때문이다.

한 살의 어린아이 때부터 약을 먹어왔다면 열 살인 지금이면 적어도 십 년 치의 내공을 얻을 수가 있는 것이다.

물론 어린아이에게 그런 약을 먹이는 것은 위험한 일이지만, 고도의 지식과 의술이 함께하면 쉬운 일로 변한다.

제갈세가라고 하는 가문은 그런 저력을 가진 곳.

이래서 명문세가, 명문대파의 무인들이 강한 것이다.

어렸을 적부터 체계적으로 수련하고 약의 도움을 받으

니 강해지지 않을 수가 있으랴?

여하튼 그런 제갈세가, 혹은 다른 명문대파나 세가의 자식으로 보이는 여아와 삼십대의 장한은 꽤나 골치 아픈 문제를 불러일으킬 거다.

만약.

장호가 여기서 일하지 않았고, 진서 노의원이 현령에게 간 상황이었다면?

급사하지는 않았겠다만 치료가 늦었을 때에는 최악의 경우 죽음에 이르고, 최하의 경우라도 앞으로 무공을 사용하는 데 제약이 생겼을 터였다.

이걸 잘했다고 해야 할지, 못 했다고 해야 할지.

저치를 구해줘서 나중에 적대하는 자들이 생기는 것도 조금은 곤란한데.

아직은 준비가 안 돼서 불안해.

장호가 여기까지 생각할 때였다.

덜컹덜컹 하고 잠긴 대문을 여는 소리가 들려왔다. 강제로 여는 것이 아닌, 열쇠로 여는 일이다.

장호는 얼른 뛰어나갔다.

*　　　*　　　*

"응? 너 집에 안 갔어?"

서글서글하게 잘생긴 서건은 의방에 들어서면서 달려오는 장호를 보았다.

갈 때와 같이 이인교를 타고 관병들의 보호를 받으며 들어온 서건과 진서였다.

"호, 이 녀석. 왜 집에 안 가고 있는 게냐?"

이인교에서 내려서는 노의원 진서는 장호를 보며 물었다.

"스승님 오셨어요."

장호는 그런 진서에게 냉큼 달려가 몸을 숙여 보였다.

"으응? 뭐야. 왜 네가 나를 스승이라 부르느냐? 아직 구배지례도 받지 않았다."

진서 노의원에 말에 장호는 공손히 답하였다.

"그게, 사형이 보양환의 제조법을 가르쳐 주었습니다. 그건 스승님께서 저를 제자로 받아주시려고 그러신 것이 아닌지요?"

"호오?"

노의원 진서의 얼굴에 웃음이 맺혔다. 장호의 행동에 기분이 좋아진 것이었다.

"그만들 가보게나."

"수고하셨습니다, 어르신."

일단 관병들에게 가보라고 진서가 말하자 관병들은 고개를 숙여 보이고는 이인교와 함께 대문 밖으로 나갔다.

그렇게 그들이 나가고 나서 대문을 닫는 서건.

그사이에 진서는 장호에게 손짓하여 가까이 불렀다.

"네 녀석은 참 영리해. 내 의중을 그리 빨리 알아차렸느냐?"

"예, 스승님."

"홀홀. 명가 녀석이 참 좋은 아이를 보냈어. 그래, 그러면 오늘은 늦었으니 내일은 네가 내 제자가 되는 의식을 치르자꾸나. 여기 건이가 너의 사형이 되는 것인즉. 이제부터는 더 잘해야 한다."

"명심하겠습니다."

장호는 그대로 절을 한 번 하였다. 그러나 한 번 절을 하고는 일어서지는 않았다.

"왜 그러느냐?"

"스승님께서 저를 제자로 받아주신다고 결심하셨으니, 저도 숨겼던 이야기를 하며 용서를 구하려고 합니다."

"대문에서 할 이야기는 아닌 듯한데 우선 일어나거라.

들어가서 이야기하자꾸나."

"그전에 보셔야 할 환자가 있습니다."

"환자?"

노의원 진서의 표정에 의문이 서렸다.

현령이 청하여 현령의 부친인 노인을 진료하고 오던
참이었다.

그 시간 사이에 환자가 왔다라?

"그래, 그럼 봐야겠지."

우선은 환자가 먼저다. 진서는 그렇게 생각하고서 진
료실로 걸음을 옮겼다.

第八章

의선문의 제자가 되다

제자는 스승을 기억한다.

강호의 격언

"그래. 네가 나에게 들려줄 이야기가 꽤 많은가 보구
나. 이야기해 보거라."

진서의 방.

이 방도 지난 두 달 사이에 장호가 몇 번이나 청소한
곳이다.

노의원인 진서는 내공이 순후한 고수이지만, 나이를
먹는 것은 어찌할 수 없다.

특히 최근 장호가 들어온 두 달을 기점으로 마치 운명
의 장난처럼 급격히 약해져 가고 있었다.

그의 순후한 내공이 아니었다면 이렇게 돌아다니지도 못했을 거라는 것을 장호는 최근 눈치채고 있었다.

그 자신이 의원이자 무인이니 알게 된 사항이다. 의원 중에서도 무공을 익힌 자는 많으나, 의술과 무공을 장호만큼 익혀낸 이는 그리 수가 많지 않았다.

의원이자 무인인 집단인 성수의가가 있으나, 그들 중에서도 장호만 한 인물은 드문 형국이었다.

의술도, 그리고 무공도 경지에 이르려면 많은 시간을 투자해야 한다. 시간을 소모하기 위해서는 남들과는 다른 굳건한 의지가 있어야 하는 바.

당연히 장호의 경지에 이를 수 있는 이가 많을 수가 없다.

똑같은 것을 배운다 하여도 의지와 재능 때문에 그 격차는 시간이 지날수록 커지니까.

그럼 의미에서 노의원 진서도 특별하다 할 수 있었다. 진서의 무위는 장호가 추측하기로 절정고수 이상이기 때문이다.

게다가 의술에 있어서는 장호보다도 높은 것으로 파악되었다.

장호 자신도 제약술이 특기인데, 그런 장호보다도 높은 제약술을 가졌으며 그 제약술에는 연단술의 지식이

가미되어 있기 때문이었다.

보양환만 해도 장호로서는 만들 수 없었던 약이었다. 즉, 의술의 수준이 한 단계 더 높다고 할 만했다.

이 정도면 명의라고 부를 수준인데 왜 이런 조그마한 마을에서 은거하듯 살고 있을까?

"예, 스승님."

장호는 미리 준비해 둔 말을 하기 시작했다.

"저희 집안은 본시 학자의 가문이었습니다. 그리 대단한 가문은 아니었으나, 저희 할아버지께서는 관리로 일을 하셨었습니다. 본래는 이 마을이 아닌 다른 곳에 터를 잡았었으나 할아버지께서는 병을 얻어 돌아가셨고, 그 이후로는 가세가 기울어 이 마을로 오게 되었습니다. 그 이후 저의 부친께서는 저희 형제에게 글을 가르치면서 농사를 지으셨는데, 그만 병을 얻어 돌아가셨습니다."

간단하게 신상내역을 말하는 장호. 진서는 그런 장호의 말을 주의 깊게 듣고 있었다.

"저와 저의 형제들은 그때부터 살아남기 위해서 모진 고생을 해야 했고, 그러던 와중 저는 기연을 얻을 수 있었지요."

"기연이라고?"

"혹 원접신공이라고 스승님께서 아시는지 여쭙고 싶

습니다."

원접신공.

장호는 자신의 밑천을 꺼내어놓고 있었다.

*   *   *

호롱불이 타오르고 있는 방 안.

허연 수염을 길게 기른 선풍도골의 노인은 세월을 짐작하기 어려워 보이는 노쇠한 얼굴을 가지고 있었다.

그러나 그 두 눈에 서린 정광은 젊은이들이라고 할지라도 따라오지 못할 그러한 것이었다.

노의원 진서.

이 노인의 이름이었고, 이 진가의방의 주인이기도 한 사람이었다.

그는 방금 전 돌아간 장호의 말을 곰곰이 생각해 보고 있었다.

본래 학자 집안이었기에 글을 익혔으나 생업 때문에 글을 쓸 시간도 없었다는 장호의 말.

그런데 어느 날 장호는 객잔에서 벌어진 싸움의 여파를 정리하던 중 서책을 몇 권 얻었다고 했다.

그 서책 중 하나가 바로 원접신공이라는 이름의 내공

심법의 비급이었고, 의술과 같이 병행하여 익혀야 효용이 있다 적혀 있었다는 이야기.

다른 서책은 전부 의서였으며, 장호는 그것들을 모두 외웠다고 했다.

다만 의서는 주로 실전적 의술에 대한 것들이 적힌 것들로서, 제약술에 대한 지식이나 약초학에 관한 것이 없기에 최근 따로 공부를 하고 있었다고 한다.

그걸 본 명진서가 장호를 진가의방으로 보냈고, 장호는 여기서 약초를 공부하면서 미래를 준비하고 있었다고 말하였다.

어딘지 모르게 어설프지만, 그렇다고 해서 사실이 아니라고 하기에도 묘한 이야기였다.

장호의 또랑또랑한 눈을 떠올리면서 진서는 좀 더 깊이 생각했다.

의원도 수많은 직업 중 하나라고 말하던 아이.

당당하게 의술로 돈을 벌 것이라고 말한 아이.

그 점이 마음에 들어 제자로 삼으려고 결심했던 진서다. 진서도 자신의 수명이 얼마 남지 않은 것을 알고 있는 탓이다.

그는 의원으로서도, 무인으로서도 경지에 이르러 있었다. 때문에 알고 있는 것이다. 길어보았자 한두 해밖에는 남아 있지 않았음을.

"이것도 하늘의 뜻인가……."

진서는 조용히 장호를 생각하며 홀로 중얼거렸다.

장호는 정면돌파를 선택했다. 그가 본 진서 노의원의 성정은 대협이라고 부를 만했기 때문이다.

조금은 괴팍한 것이 흠이지만, 그거야 강호인 대부분이 그랬다.

그래서 자신이 기연을 얻어 원접신공과 의서를 얻었으며 그를 공부했다고 주장했다.

그건 사실이기도 했다. 시기에 대해서는 제대로 말하지 않았지만.

또한 유가밀문의 체법에 대해서도 고하였다. 그것은 장호가 진서 노의원에게 자신의 미래를 맡긴다는 의지를 표명한 것이다.

이는 사실 어린아이가 할 이야기는 전혀 아니다.

그러나 진서는 놀라지 않았다.

그는 오랜 세월 강호를 돌아다니다 십 년 전 이 마을에서 의방을 열었다.

진서는 세상에 종종 괴물 같은 이들이 태어남을 알고 있었던 것이다. 그런 아이가 기연을 얻었으니 호랑이가 날개를 얻은 격이다.

그리고 만약 그가 자신의 비전절기를 전수한다면?

용이 여의주를 물고 승천을 하는 격이리라.

"허허, 내가 가진 것이 무에 쓸모가 있다고 이러시오?"

진서는 하늘에게 묻는다.

그는 본시 의선문의 제자 중 한 명이었다.

의선문은 딱히 일인전승도 아닌 문파였지만 제자가 그다지 많지 않았다.

진서의 스승은 진서를 포함하여 제자를 세 명밖에 두지 않았는데, 진서의 사형제는 모두 젊은 나이에 죽고 말았다.

의선문은 선천의선강기라고 하는 내공심법을 기본으로 하고 의선신행공이라고 하는 무공을 사용했다.

의선신행공은 보법, 각법, 장법, 권법으로 이루어진 것인데 그 이치는 수비와 방어에 있는 신묘한 무공이었다.

강호의 기준으로 치면 상승절학에 이른 무공인 셈이다.

의선신행공과 선천의선강기를 모두 익혀야 의선문의 진전을 완전히 전수받았다고 할 만한데, 의선문은 어디에 터를 잡고 제자를 기르는 문파가 아니었기에 세력이 늘어나지를 않았다.

지금에 와서는 진서만이 유일한 의선문의 제자였다.

의선문에는 독특한 문규가 있으니, 제자 모두에게 비전절기를 가르친다는 것이다.

또 다른 문규로는 중원을 떠돌며 힘없는 병자들을 도우라는 게 있었다. 때문에 터를 잡지 못하는 것이다.

그래서 의선문의 제자가 되기 위한 제일조건은 바로 인성이었다.

재능도 그 무엇도 아닌 인성.

때문에 의선문의 제자는 이제 진서 하나뿐이었던 것이다. 그리고 그는 여태까진 제자를 들이더라도 의선문의 의술은 가르칠지언정 무공을 가르칠 생각은 없었다.

의선문의 문규와 전통을 잇게 할 생각이 없었기 때문이다.

그것 때문에 그의 스승과 사형제들은 평생을 떠돌아다니다 귀천하였다.

그런 꼴을 제자들에게 잇게 하고 싶지 않았다.

애초에 의선문이라는 문파 자체가 문규가 느슨하기에 가능한 생각이기도 했다.

그래서 그는 무공의 고수인 것도 숨기고 의술만 가르치고 사용하며 지내었다.

그런데 난데없이 저런 천재를 만나게 될 줄이야.

물론 저 아이는 천재이니 이대로 내버려 두어도 크게
될 것이다.

그러나 앞서 생각한 것처럼 그가 길을 가르쳐 준다면.
더 멀리, 더 높이 날 수 있으리라.

*   *   *

어째 찜찜허다?

장호는 다음 날 의방에 나와서 자신을 번쩍거리는 눈
으로 바라보는 진서를 발견할 수 있었다.

"야. 너 어제 스승님에게 뭐라고 한 거야?"

"그, 글쎄요, 사형."

"스승님이 뭔가 엄청난 기대를 하고 계신가 본데?"

"그, 그런가요?"

장호와 서건은 제약실에서 둘이 속닥거렸다. 진서의
그 눈빛은 마치 이러했다.

내 이 아이를 훌륭하게 키워 세상을 깜짝 놀라게 할 것
이야!

장호는 어제 정면돌파를 선택했던 자신의 선택을 몹시
도 후회를 해야 했다.

쫓아낼 거란 예상과 그냥 거둘 것이란 예상.

이 두 가지 결과를 반반의 확률로 보고 있었다.

어느 쪽이든 장호로서는 좋았다. 그런데 이게 뭔가?

갑자기 기대를 엄청나게 하는 눈빛을 하다니?

이건 장호가 예상하지 못한 이상한 결말이었다.

"너 큰일 났다."

"왜요?"

"스승님이 저런 눈빛 하시면 한동안 가차 없으시거든."

"으흑."

장호는 제발 그런 것은 사양하고 싶었다.

상정 외의 일이 발생한다는 것은 정말 싫은 일이었기 때문이다.

그에게는 아직 어린 두 형을 돌봐야 한다는 사명이 있었다. 그러니 제발 그런 일은 하지 말아달라고 하고 싶었다.

그러나 어쩌겠는가?

아직 구배지례를 하고 정식으로 제자가 되는 의식을 치른 것은 아니지만 이미 모두가 그를 진서의 제자로 대하고 있었고, 그도 그렇다고 생각하고 있었다.

은근슬쩍 진가의방의 제자가 되었다고나 할까?

"나도 당해봤는데, 한 달 하시더니 재능이 없다고 그

냥 의술이나 배우라고 하시더라."

"뭘 당했는데요?"

"무공수련. 너 아직 모르지? 스승님은 고수야, 고수."

"그랬어요?"

"그렇고말고."

어쩌 열두 살짜리하고 죽이 척척 맞는 서건이었다.

여하튼 둘은 이런저런 이야기를 나누며 오후에 할 일을 하고 있었다.

약을 만들고 약재를 다듬는 일.

사실 이런 일만 하는 것은 아니다. 마을에 환자가 적고 주로 약을 파는 것이 주 업무가 된 진가의방이지만 환자가 없는 건 또 아닌 것이다.

그런 환자들이 오면 하나둘 안내하고, 진서의 진료를 돕는 것도 서건과 장호의 몫이었다.

딸랑딸랑.

제약실의 천장에 매달린 종이 울렸다. 그것은 스승인 진서가 장호와 서건을 부르기 위해서 만들어놓은 장치였다.

"제가 가볼게요."

"그랴."

장호는 재빠르게 제약실을 나서 스승이 있는 마루로

향했다.

*　　　*　　　*

"호야, 이리 오너라."

"예, 스승님."

장호가 마루로 가니 허연 수염을 길게 기른 선풍도골의 노인이 앉아서 장호를 물끄러미 바라보고 있었다.

노의원 진서가 그를 보고 있었던 것이다.

왠지 그 두 눈에 어린 열의가 어마어마해서 장호는 자기도 모르게 침을 꿀꺽 삼키고 말았다.

이, 이것이 바로 강호대파의 후기지수들이 두려워한다는 스승의 기대인가!

스승의 기대.

그것은 종종 명문대파의 제자들이 가지는 정신적 압박감이다.

사실 명문대파뿐만이 아니다. 조금 잘나가는 집안이라면 자신의 자식에게 기대를 가지는 것은 당연.

우리 아들 공부 잘하겠지, 우리 제자 무공 잘 익히겠지.

그 기대감이 절정에 도달하면 신공절학 못지않은 무시

무시한 위력을 발휘한다.

이 스승의 기대에 공격당하게 되면, 그 대상자는 온몸을 옥죄는 강력한 구속감에 날이 갈수록 지쳐갈 수밖에 없다는 전설이 있다.

나는 그런 것과는 인연이 없는 줄 알았거늘!

장호는 다시 한 번 마른 침을 삼키고 말았다.

"네가 한 이야기를 듣고 내 많은 생각을 하였다."

예. 대체 무슨 생각을 하셨습니까요?

마치 주인을 바라보는 소 같은 눈으로 장호는 잠시 스승인 진서를 보았다.

"내 너를 맞아들인 까닭은 본시 의술을 전수하기 위함이었다. 너를 본 것은 처음이나 그 심성을 능히 짐작할 만했기 때문이지. 건이 녀석은 사람이 순하지만 그 성격이 건성이라 진득하게 의술을 공부할 녀석은 아니다. 그나마 이 근방에서 저 녀석만 한 녀석이 없기에 제자로 들였고, 나름대로 기대를 충족하니 나는 만족하고 있었단다."

그러셨군요. 서건 사형 평가가 참으로 혹독하네요.

"그에 반하여 너는 총명하고 똑똑하고, 또한 성격이 모질지 않으며 영리하니 어쩌면 재능만으로는 건이 녀석보다 낫다 할 수 있지. 또한 어제 너의 언행으로 보아 비록 네가 선하다 할 수는 없으나 심지가 굳고 거짓을 모르니 이 또한 내 기대에 부응하는 것이라고 생각하여 내 너를 받아들이기로 결정하였다."

이런 때에는 어떤 표정을 지어야 하는 걸까?

장호는 잠시 고심했다.

그러나 장호가 뭐라고 말하기도 전에 진서가 말을 이었다.

"네가 원접신공을 언급할 때 이미 내 눈치를 챘음을 아느냐?"

"예?"

뭘 눈치채?

"내가 무공을 익히고 있다는 것을 네가 알고 있다는 걸 말함이다. 내 무공을 네가 알지 않았 들 네 녀석이 굳이 원접신공이라는 것에 대해서 나에게 말하지 않았을 것이야. 그렇지 않느냐?"

아차!

장호는 속으로 자신의 또 다른 실수를 깨달았다.

그렇다. 장호는 진서의 무공을 너무 의식한 나머지 자신도 모르게 진서에게 자신도 무공을 익혔음을 고해바친 것이다.

그러나 사실 진서의 무공을 눈치채지 못하여야 옳은

일이다.

지금의 장호는 강호에 나서지도 않은 어린아이일뿐이니, 아무리 영악하다고는 하지만 경험이 일천하여 절정 고수 이상의 무공을 지닌 것으로 짐작되는 진서의 무공 경지를 알 수가 없어야 한다.

그러나 장호는 그저 어린 장호가 아니지 않던가?

과거로 되돌아왔으며, 되돌아오기 전에는 강호에서 뼈가 굵었던 강호인이었기에 알아차렸던 것이다.

그걸 무의식적으로 상대도 알고 나도 안다는 식으로 생각하여 그 결과 원접신공을 익혔다 고해바쳤으니, 이 어찌 실수가 아닐쏘냐?

"네 녀석은 총명하나 어딘지 모르게 어리버리한 것이 꼭 내 어릴 적을 보는 것 같단 말씀이야."

죄송합니다, 스승님. 저 원래 이런 녀석 아니었습니다요.

"여하튼 나는 의원으로서 너를 제자로 받으려 했다. 그러나 네 어제 행동을 보고는 생각을 달리하게 되었다. 너는 지금도 내 제자이나, 나에게 전해진 또 다른 신분을 네가 이을 것인지 말 것인지를 너에게 묻겠노라. 너는 의선문에 대해서 혹 들어보았느냐?"

의선문!

장호는 속으로 크게 놀라고 말았다.

의선문은 의술을 배운 강호인들, 혹은 의술과 무공을 같이 익히는 문파에서는 전설에 속하는 문파였다.

그들의 의술은 신묘하기 짝이 없고, 그들의 무공은 신공절학이라고 불린다는 소문만이 무성했던 탓이다.

물론 실제로는 신공잘학이라고 부르기에는 손색이 많고 의술이 신묘한 경지에 이른 것도 아니다.

그냥 의선문의 사람들이 별로 없고 선행을 많이 하다 보니 생겨난 전설일뿐이다.

물론 의선문이 녹록한 문파는 아니다.

여기 이 진서만 보아도 그렇지 않던가? 의선문의 사람들은 대체로 장수를 하지 못하지만, 장수를 하게 되면 반드시라고 해도 좋을 정도로 상당한 경지에 이르게 된다.

그것은 장호도 모르는 의선문의 비밀로서, 그 비밀은 바로 선천의선강기에 있었다.

"제자는 의선문에 대한 전설을 들어보았습니다."

장호는 정직하게 대답했다.

"그래? 네가 객잔에서 일했다니 강호에 떠도는 허황된 소문을 들은 모양이구나. 어떻더냐?"

"전설적인 의문이라고 들었습니다."

"전설적이라. 그 소문은 허황된 소문이다. 본 문은 사실 몇 가지 문규가 있어 그 세가 강하지 못하고 사람이 적으니 그런 소문이 퍼진 것뿐이란다."

진서는 마루에서 몸을 일으켰다.

"들어오거라."

그리고는 방으로 들어가는 것이 아닌가?

장호는 그런 진서의 뒤를 따랐다.

방 안에 들어서니 진서가 점잖게 앉아 있었는데, 장호는 그 앞에 나아가 공손히 무릎을 꿇고 앉았다.

그리고 장호는 진서에게 의선문에 대해서 들을 수 있었다.

의행천하!

그것이 의선문의 문규였다.

의행을 펼치며 선덕을 천하에 펼치라는 것이다. 그러기 위해서는 근거지를 가지면 안 되며, 세상을 떠돌아다녀야 했다.

그러나 이제 와서 의선문의 문도는 진서 혼자 남았고, 진서는 자신의 사형제들을 잃은 그 사건으로 말미암아 의선문을 봉하기로 결심했다 한다.

그러나 장호를 만나 그 생각이 변하였으니, 장호에게 의선문의 진전을 이을 것이냐 물어오고 있었던 것이다.

"제자는 깊이 고민해 보겠습니다."

"아직 시간이 조금은 있으니 생각해 보거라. 또한 의선문의 당대 문주는 나이니, 세상을 떠돌아야 한다는 문규는 이제 없애 버릴까 한다. 그 전통 때문에 본 문의 선조들이 그간 많은 횡액을 당하였으니 없어져야 옳다 생각하기 때문이다."

"예, 스승님."

"그럼 삼 일의 시간을 줄 터이니, 잘 생각해 보고 대답해 주거라. 네가 의선문의 맥을 잇지 않는다 하여도 내 제자라는 사실은 변치 않느니라."

第九章

고마워

감사하는 마음은 인간만이 가진 것이 아니다.
여러 짐승이 자신을 구한 인간에게
보은하고 보답한 이야기는 무수히 많다.

마음에 관하여

의원귀환

의선문이라.

스승의 방을 빠져나온 장호는 고민에 빠졌다.

전생에도 절정고수였던 그다. 그리고 의술을 익혔기에 의선문에 대한 전설은 익히 들어왔다.

스승인 진서의 말로는 의선문의 전설은 허황된 것이 많다고 하지만, 확실히 허술하고 나약한 문파도 아닌 것 같았다.

스승인 진서의 무공 수위는 적어도 절정 이상이니 당연하다면 당연한 일일 것이다.

장호 그 자신도 전생에 절정고수에 이르기 위해서 얼마나 오랜 시간 고민을 하고 연구를 하였던가?

성과가 있어 절정고수가 되긴 했으나, 만약 장호 스스로가 명문대파에서 수련하였다면 진즉에 절정고수가 되었을 것이라 생각했다.

실제로 그보다도 더 젊은 나이에 절정고수가 된 이들도 있었거니와, 그가 기억하기로 황교를 조사하기 위해서 동행했던 이 대부분이 초절정고수였었다.

제갈화린이 그보다 여섯 살 어린 것을 감안하면 대단한 진전이다.

그렇게 생각에 생각을 하다가 제갈세가의 여아로 짐작되는, 그리고 제갈화린의 언니로 짐작되는 소녀에게로 생각이 미쳤다.

아직 점심시간 전이므로 그녀와 환자의 용태를 한번 보러 가야 했다.

환자실로 향하여 문을 열고 들어가니 이미 제갈화린의 언니로 짐작되는 여아가 중년인을 물끄러미 내려다보고 있었다.

"일어났네? 몸은 좀 어때?"

장호는 대수롭지 않게 그녀에게 말을 걸었다. 그러자 귀엽고 예쁘장한 여아는 고개를 돌려 힐끔 그를 보았다.

"몸은 괜찮아. 기분도 나쁘지 않아."

"그래? 혹시 모르니까 손목 좀 줘봐."

그녀는 그 두 눈을 살짝 찌푸리더니 손을 내민다. 장호는 손목을 잡고 잠시 맥을 짚었다. 심장의 규칙을 보아하니 확실히 별문제는 없었다.

내공이 있었으면 진기진맥을 했을 테지만, 현재로써는 불가능했기에 아쉬움만을 뒤로했다.

"확실히 별문제는 없네. 문제 있으면 말해."

"이미 의원님이 다녀가셨어."

"스승님이? 그럼 문제없겠구먼."

스승인 진서의 의술 실력은 장호도 인정하는 바. 그런 진서가 한 번 둘러보고 갔다면 아무런 문제가 없을 터였다.

"의원님 성함이 진서라고 들었어. 네 이름은 뭐야?"

"난 장호. 너는?"

"제갈소여."

소여(小璵).

작은 옥이라는 뜻이다. 그러나 그 이름을 들어도 장호로서는 그녀의 정체를 짐작할 수 없었다.

제갈화린에게 제갈소여라는 언니가 있었던가? 없었던가?

알 수가 없었다.

장호는 전생의 기억을 끄집어내 보았다.

전생에 제갈세가의 가주에게는 직계 혈손이 다섯 명이 있었다고 했다.

남자 녀석이 두 명에 여자가 세 명이라던가?

그들 중 이름이 알려진 것은 장손이자 다음 대의 제갈세가 가주로 손꼽히는 제갈각과 제갈세가의 장중보옥인 제갈화린뿐이었다.

다른 세 명의 남녀는 그다지 유명하지도 않았고, 알려지지도 않았다.

정보를 다루는 사람이었다면 알았겠지만 장호로서는 금시초문이다.

게다가 제갈세가의 여식이라고 제갈세가 가주의 직계 혈손인지 아닌지도 알 수 없는 일이지 않던가?

그러고 보니 이 생각은 몇 번이나 하는 거야, 대체? 장호는 속으로 나직하게 투덜거렸다.

"안 놀라?"

그런데 잠깐 고민에 빠졌던 장호에게 소녀가 불쑥 질문을 던졌다.

"어, 놀라야 하는 거였나?"

"우리 가문을 알게 되면 다들 놀라던데."

그녀의 눈동자가 빤히 장호를 보고 있다.

장호는 그녀의 그런 태도에서 그녀가 뭔가 자신을 시험하려고 든다는 느낌을 받았다.

왜냐하면 저건 절대로 어리둥절하거나 의문스러운 표정이 아니었기 때문이다.

"제갈세가의 금창약이길래 대충 짐작은 했어. 제갈세가의 사람이 여기는 무슨 일이야? 그리고 저분은 왜 다쳤지? 하는 식의 질문을 할 거라고 생각하면 오산이라구, 꼬마 아가씨. 이 오라버니께서는 꼬마 아가씨가 생각하는 것보다 훨씬 경험이 많거든. 강호의 일에 끼어들고 싶지 않다는 말씀."

장호는 빠르게 그녀에게 말을 쏟아내었다. 그러자 소녀의 눈동자가 흔들리고 조금 놀란 듯 보였다.

과연.

똑똑하기는 하지만 아직 애는 애로군. 장호는 속으로 한숨을 내쉬었다.

"나는 너에게 관심이 없어. 네가 똑똑하고, 귀엽고, 제갈세가의 여식이고, 음… 또 뭐가 있더라? 여하튼 관심 없어. 알았지?"

장호라고 딱히 여자에게 관심이 없는 것은 아니다. 강호를 종횡하며 기루에 간 적도 몇 번은 있었으니까 말이다.

연애나 사랑을 해본 적은 없지만, 자신의 욕망에 대해서 어두웠던 것은 또 아니다.

그러니 여성을 좋아하지 않는 것은 아니다.

하지만 지금 이 제갈소여는 어린아이지 않은가?

여하튼 그런 장호의 말에 제갈소여의 두 눈이 강하게 찌푸려졌다.

흡사 도끼눈을 뜬 것 같은 그런 눈이랄까? 원래 이목구비가 예쁘장하고 귀여워서 그런지 그 모습도 몹시 귀여워 보였다.

하지만!

여기서 더 이상 언쟁을 벌일 필요는 없었다. 게다가 장호 스스로가 말한 것처럼 엮이고 싶지도 않고 말이다.

"너……."

"어이쿠, 시간이 됐네. 그럼 저분이 일어날 때쯤 오도록 할 테니까, 그때 보자고."

장호는 그렇게 말하고는 문을 나가려고 했다. 그때였다.

"나는 이미 일어나 있네."

소녀의 너머에서 목소리가 들려왔다.

＊　　＊　　＊

"어린데도 자네 말솜씨가 몹시 유창하고 대단하군. 어
느 명가의 자식인가?"

이 시대.

글자를 모르는 사람의 수가 전체 인구의 팔 할에 달한
다고 한다. 그러나 말만 그렇지 사실 더할 수도 있다는
것을 장호는 잘 알고 있었다.

실제로 저잣거리에 가도 글을 제대로 안다고 말할 수
있는 이가 거의 없는 실정이니 말 다한 셈이지 않은가?

글을 모르는 이가 태반이다 보니 제대로 된 교육을 받
은 이는 거의 대부분이 명가의 자제이거나 돈이 있는 집
안의 자제들뿐이다.

그리고 그런 이들 중에서도 논담을 할 정도로 지식을
쌓거나 하는 이의 수는 몹시도 적은 편이었다.

제갈세가는 진법, 학문, 그리고 무공기서의 연구에 관
해서는 강호제일을 자처하는 가문이 아니던가?

그러다 보니 이런 제갈세가의 자제와 일반 명문의 자
제는 참으로 구분된다고 말하지 않을 수가 없었다.

어디 가서 말로는 꿀리지 않을 사람이 바로 제갈세가
의 사람들이니까.

그러니 깨어난 중년인이 장호의 출신을 묻는 것은 이상한 일이 아니다. 또한 강호의 예법상으로도 문제될 것이 없는 이야기였다.

강호에서는 보통 자신의 가문이나 문파를 소개함으로써 스스로를 알리는 일이 비일비재하기 때문이다.

물론 스스로가 감추고자 하면 묻지 않는 것도 강호의 예법 중 하나였다.

은원이 얽히고설킨 곳이 강호다 보니 그런 것이다.

여하튼 그런 중년인의 질문에 장호는 진실을 대답하였다.

"이 마을에서 태어나 자란 장호라고 합니다."

장호의 대답을 들은 중년인의 표정에 묘함이 떠올랐다.

명가의 자제가 아니라면 저런 언행을 하는 것은 하늘의 별 따기 만큼이나 어려운 것이기에 그런 것이다.

실제로 장호는 강호에 나가기 전의 어린 시절에는 그저 세상 물정 모르는 코찔찔이였을 따름이었다.

"자네가 그리 말한다면 그렇겠지. 그런데 이 상처는 자네가 치료했다고 들었네. 사실인가?"

"그렇습니다만 혹 문제라도?"

"아닐세. 어린 나이에 그 의술이 대단하군. 스승은 누구신가?"

"스승은 바로 나요."

그때다.

불쑥 하고 목소리가 들려왔다. 노의원 진서가 나타난 것이다.

장호는 속으로 '이거 참 큰일이로다' 하고 중얼거렸다.

괜히 저 여아와 이야기를 섞어서는 일이 꼬여 버린 탓이다.

앞으로 은인자중해야겠군.

장호는 그렇게 중얼거리고는 사태를 주시했다.

"진서라고 하오."

"제갈가의 외당 부당주를 맡고 있는 제갈손이라고 합니다."

제갈손?

제갈손에 대해서는 들어본 바가 있었다. 황교의 일을 처리하던 당시에는 이 사람이 제갈세가의 외당 당주였기 때문이다.

지금 부당주인 것을 보니 이대로 당주가 되는 모양이었다. 장호는 그렇게 생각하며 스승인 진서의 뒤로 가 섰다.

"내 제자가 치료를 제법 잘했더구료. 내상은 어떻소?"

"많이 좋아졌습니다. 구은에 감사드립니다."

"의원이 사람을 치료하는 것은 당연한 일이니 구은이라고 할 것까지야 뭐 있겠소? 약값이나 두둑이 내시구려."

"그리하겠습니다."

"혹 이상이 없는지 한 번 봐도 되겠소?"

"제가 부탁드릴 일입니다. 노의원께서는 어려워하지 마십시오."

"그럽시다."

진서가 다가가 진맥하는 것을 장호는 유심히 봐두었다.

진서의 진맥은 강호에 널리 알려진 것이었다.

촉진을 기반으로 하는 것으로 여기저기를 만지고 눌러 보았다.

"흠, 좋군. 약도 좋아서 상처가 잘 아물고 있소. 요상결을 운영한다면 적어도 열흘이면 상처가 다 나을 거요."

"감사드립니다."

"값은 이 아이에게 치르시구려. 호야."

"예, 스승님."

"약값을 받고 오늘 해야 할 일을 하거라."

"예, 스승님."

진서는 그리 말하고는 휘적휘적 방을 나갔다. 장호는 속으로 다시금 한숨을 내쉬었다.

＊ ＊ ＊

"자네 스승님은 대단하시군. 여기 있네, 소형제."

그렇게 말하고서는 돈주머니에서 금자를 열 개나 꺼내어서는 던져 주는 중년인의 모습에 장호는 조금 놀라야 했다.

금자라!

금자 하나에 은자 열 냥이다. 은자 한 냥이면 삼 형제가 한 달간은 살 수 있는 금액이기도 했다.

이 금자 하나면 십 개월을 먹고살 수 있다는 의미이니 그 값이 결코 적다고는 할 수 없었다.

그런데 그런 금자를 열 개나 주다니?

금자 열 냥!

어마어마한 돈이다.

물론 강호의 내상약 중에는 이보다 비싼 것도 꽤 된다. 하지만 어젯밤에 한 치료는 의술을 제외하고서 치료제에는 별다른 비싼 것이 들어가지도 않았다.

그래도 일단 많이 준 거니까 받아둬야지.

장호는 그리 생각하면서 공손히 돈을 받았다.

"감사합니다."

그런 장호의 행동을 제갈손이 유심히 관찰하고 있었다는 것을 장호는 눈치채지 못했다.

그렇다.

제갈손은 장호를 시험해 볼 요량으로 금자 열 냥을 준 것이다.

사실 그의 목숨 값으로는 금자 천 냥도 모자라다고 생각하고, 그를 구해준 값으로 그 정도 주어도 아깝지 않다고 생각하는 제갈손이었다.

그러나 사실 그를 치료한 값을 구원이라는 요소를 배제하고 생각한다면 금자 한 냥이면 충분히 많은 금액이었다.

비싼 약재를 쓴 것은 아니었고, 남다른 의술로 치료하였으니 그 의술을 사용한 의원의 인건비만 계산하면 그런 식이라고 생각한 것이다.

그리고 사실 맞는 계산이기도 하다.

그런데도 그 열 배인 금자 열 냥을 준 것은 이 장호라는 소년을 시험하고자 하는 의도였다.

장호의 스승이라는 진서라는 노의원도 그렇고, 이 장호라는 소년도 평범한 이들이 아닌 듯했기 때문이다.

그리고 그런 제갈손의 시선 속에서 장호는 몹시도 독특하게 움직이고 있었다.

금자 열 냥을 보고도 그리 놀라지 않았으며, 그걸 그대로 받아 드는 모습은 확실히 보통은 아니었다.

노의원인 진서가 이리 행동했다면 모를까 아직 어린아이인 장호가 이리 굴 줄이야?

제갈손은 이곳이 꽤나 대단한 곳임을 인정해야 했다.

우연하게 들른 곳에 잠룡이 있는 격이랄까?

제갈손과 제갈소여는 이 근방에서 채집되었다는 산삼을 구입하러 가던 중이었다.

대략 삼백 년을 묵은 산삼으로, 삼백 년삼이면 내공증진을 위한 영약의 재료로 쓰일 만큼 귀하다.

제갈세가에서는 최근 장손인 제갈각의 무위를 높일 것을 생각하던 중이라, 제갈손을 보내어 이 산삼을 사 오게 하였다.

삼백 년 삼이면 노리는 문파가 제법 될 것이다. 유혈사태가 일어날 정도로 대단한 것은 아니지만, 금전적인 경쟁이 있을 것은 분명하기 때문이다.

그래서 제갈손이 급히 떠나왔다. 그리고 겸사겸사 세

상구경도 하고 싶다는 제갈소여도 같이 온 것이다.

그런데 습격을 받았다.

그리 대단한 임무로 나온 것도 아니었는데 습격을 받은 것이다.

그 순간 제갈소여의 기지로 위기를 탈출할 수 있었는데, 만약 제갈소여가 아니었다면 죽음을 면치 못했을 터였다.

그것은 문제였다.

제갈세가의 외당 부당주라는 직위는 어찌 보면 높지만 어찌 보면 높지 않은 어중간한 직위다.

그런 직위에 있는 제갈손이 영약의 재료를 구매하러 외부로 나섰다가 살해당한다.

왜 굳이 암중의 적도들은 제갈손을 살해하려 했을까? 게다가 제갈손은 아직 영약의 재료로 쓸 삼백 년 삼도 구매하지 못하였는데 말이다.

이것은 허술한 듯 보이지만 치밀하게 준비된 함정이었다.

아마도 암중의 적도들은 굳이 제갈손이 아니어도 되었을 것이다.

제법 귀한 영약의 재료에 대한 정보를 흘리고, 이것을 구하러 오는 제갈세가의 사람을 살해하는 것이 목적이었을 터.

그런데 제갈세가에만 이런 계책을 썼을 것인가?

제갈손은 그런 것을 심중에서 생각 중이었다.

누군가가 계략을 꾸미고 있다. 이번 일은 작다면 작고 크다면 큰일.

이 일을 시작으로 여러 가지 암투를 걸어올 것이다.

적은 누구냐? 목적은 뭐냐?

그런 생각의 와중에 제갈손은 기이한 의방에서 생명을 구함받았다.

그로서는 의심을 할 수밖에 없는 상황.

그래서 장호를 시험해 본 것이고, 진서라는 노의원에게 자신의 몸을 맡긴 것이다.

그리고 이 진가의방이 잠룡의 거처일 뿐 음모와는 무관하다는 결과를 도출해 내었다. 그러기 위한 금자 열 냥이다.

물론 그 이유만은 아니었다. 호감을 위해서였다.

분명 진서 노의원은 무공의 고수로 보였다.

무공의 고수이면서 의술까지 뛰어난 이는 강호에 그리 많지가 않다. 이번에 친분을 다져 두면 후에 쓸모가 있을 터였다.

이 장호라는 소년도 마찬가지.

장호라는 소년이 저 노의원의 제자라고 하니 이후 강호에 출도하면 제갈세가와 좋은 관계를 맺을 수도 있을 터였다.

그런 몇 가지 포석을 위한 행동이었다.

"그럼 아직 다 나은 것은 아니니 보중하시기를 바랍니다."

"소형제는 왜 그런 말을 하는가?"

"약값을 계산하신 것은 떠나시기 위함이 아닙니까?"

제갈손은 다시 한 번 장호를 보며 감탄했다. 그 말이 맞기 때문이다.

"자네는 정말 뛰어나군. 본가에 데려가고 싶을 정도야. 어떤가? 나를 따라가지 않겠는가?"

제갈손의 제안은 빈말이 아니었다.

"아닙니다. 저는 이미 스승님을 모셨으니 스승님을 따르렵니다."

"후에 뭔가 곤란한 일이 있거든 본가를 찾아주게. 내 도울 수 있는 일이라면 돕겠네."

"감사드립니다."

장호는 그리 말하고는 밖으로 향했다.

그런 장호의 뒷모습을 제갈손은 심유한 눈빛으로 바라보고 있었다.

　　　　*　　　*　　　*

　아따 그 아저씨 심중에 구렁이를 키우나.

　하여튼 제갈세가의 사람들은 다 저런다니까.

　밖으로 나서면서 장호는 혀를 찼다. 제갈손과의 대화
는 피곤한 것이었다. 그가 강호에서 잔뼈가 굵으며 자수
성가 하지 않았던 들 제갈손의 언행에서 특별함을 발견
하지는 않았을 터다.

　그러나 제갈손은 금자 열 냥을 주었고, 여러 가지를 말
하며 장호를 시험했다. 그걸 장호도 모르지 않았다.

　물론 장호가 독심술을 익힌 것은 아닌지라 왜 자신을
시험하고 난리인지는 알 수 없는 노릇이다.

　여하튼 제갈손은 장호를 시험했고, 그 시험은 만족스
러운 결과를 만들었나 보다.

　제갈손이 같이 가자고 말한 것이 바로 시험 합격의 단
어였기 때문이다.

　물론 그를 따라갈 생각은 쥐뿔만큼도 없다.

　"그러고 보니……."

　제갈세가는 이제부터 십 년 정도 후에 꽤나 큰 겁난을
당한다는 것을 기억해 냈다.

십 년 후, 즉 장호가 강호로 나서고 나서 얼마 지나지 않았던 때의 일이다.

제갈세가의 세력이 절반이나 날아가 버리고, 제갈세가의 비처에 있던 재화들이 털리는 일이 생겼던 것으로 기억한다.

그리고 그것은 또다시 십 년즈음 지나서 황교가 일으킨 일이라는 것이 밝혀진다.

지금 장호의 나이가 열두 살이고 십 년 후면 스물두 살이다. 그리고 거기서 다시 십 년을 하면 서른두 살.

서른다섯에 황교의 비처로 향했었으니 얼추 시간이 맞는 셈이다.

황교.

이놈들이 어디서 튀어나온 놈들인지는 지금도 장호는 알 수가 없다.

그러나 이놈들이 강호를 혼란케 한다는 것 정도는 잘 알고 있었다.

황교가 무너뜨린 문파 중에는 구파일방이라 불리는 거대 문파들도 있었다.

예를 들어 운남의 점창파가 가장 먼저 무너졌고 사천성의 아미파와 청성파, 그리고 사천당가 역시 무너졌었다.

이를 황교의 난이라고 불렀지 않았던가?

그들은 서장에서부터 밀고 들어왔는데, 지리적으로 가까운 운남성과 사천성을 먼저 무너뜨린 것은 당연한 일이었다.

그들의 침공은 장호의 나이 서른에 일어났던 일이었으니, 이제 십팔 년 정도 남은 셈이다.

한데 황교는 그 이후 행보가 기괴했다.

그들은 청해성, 사천성, 운남성을 차지하고는 움직이지 않았기 때문.

그러나 그들은 암중으로는 여러 가지 암투를 걸어왔고, 그 결과 황교의 비처를 조사하기 위한 조사대가 파견되었었다.

그중 하나가 바로 장호였지 않던가?

"흐음."

장호는 과거의 기억을 떠올리면서 앞으로 세상의 흐름을 가늠했다.

그리고는 이내 고개를 흔들어 생각을 털어버렸다.

어차피 먼 이야기다. 지금으로써는 아무런 상관도 없는 일이기도 했다.

장호가 강호로 나서기 전에는 별로 한 일도, 들은 일도 없다.

그리고 장호는 강호에 나선 이후에는 홀로 살아남기 바빴다.

그리고 보면 강호를 떠돌면서 신세를 진 사람들도 있었고, 원수가 된 이들도 있었다.

문득 그들의 생각이 나니 가슴 한쪽이 뻐근해지는 기분이 들었다.

그들은 지금 어디에 있을까?

"장호라고 했지?"

뒤에 누가 오는 줄도 모르다니, 너무 오래 감상에 빠져 있었나 보다.

장호는 고개를 돌렸다. 거기에는 제갈소여가 장호를 바라보고 있었다.

"장호. 나이 열두 살. 너는?"

"제갈소여. 나이 열한 살."

역시 재미있는 여아야.

장호는 그렇게 생각하며 빙긋 미소를 지었다.

"기억해 둘게. 그런데 왜 불렀어?"

장호의 말투에 소녀는 갑자기 포권을 하고 고개를 숙여 보였다. 어린아이가 그런 모습을 하니 앙증맞고 귀여워 보였다.

"고마워. 숙부를 살려주어서 고마워."

여아의 인사에 장호는 어쩐지 쑥스러운 기분이 들었
다.

이 여아는 명가의 자손이고, 자존심과 명예를 교육받
아 왔다.

그 고개가 숙여지기 위해서는 그 자존심과 명예도 동
시에 숙여야 한다.

물론 올바르게 교육한 집안이라면, 도덕을 아는 집안
이라면 고개는 쉽게 숙여질 터였다.

그러나,

그러나 말이다.

그것과 별개로 어린아이의 치기라는 게 있지 않은가?

그런데도 이 아이는 장호 그 자신에게 고개를 숙여 보
였다.

그 모습이 대견해 보이기도 하고, 귀엽기도 해서 자신
도 모르게 장호는 불쑥 손을 뻗었다.

슥슥.

그리고는 장호는 자신도 모르게 머리를 쓰다듬어 주었
다.

하지만 이게 될 법한 일인가? 장호는 자기도 모르게
쓰다듬은 자신의 행동을 탓하며 냉큼 다시 손을 떼었다.

그리고 고개를 든 제갈소여의 빤히 바라보는 시선에

장호는 어설프게 웃었다.

"아하하하. 귀여워서 나도 모르게 그만. 아하하하. 그리고 나는 의원으로서 해야 할 일을 한 것뿐이니까. 여하튼 그럼 나중에 또 볼 수 있다면 보자고. 안녕!"

그리고는 후다다닥 도망가 버리는 장호였다. 그런 장호의 뒷모습을 제갈소여는 빤히 바라보고 있었다.

第十章

선천의선강기를 전수받다

비인부전(非人不傳).
사람이 아니면 전하지 말라.
어떤 기술이나 지식을 후대에 전할 때
그 후대의 인성과 됨됨이를 파악한 이후에
전하라는 고어이다.
머리 검은 짐승은 기르는 것이 아니라는 말이
괜히 나온 것은 아니지 않은가?

강호 격언

어슴푸레한 새벽 시간.

아직 태양이 떠오르지 않은 시간에 장호는 언제나와 같이 눈을 떴다.

새벽의 차가움은 여전하지만 그는 개의치 않고 어린 소년의 몸을 일으켰다.

과거로 되돌아온 지 이제 몇 달이나 지났고, 지금에 와서는 소년이 된 자신이 당연하게 느껴졌다.

슬쩍 옆을 보니 세상모르고 잠에 빠져 있는 두 형이 보였다.

큰형과 작은형.

둘 다 장호에게는 그 무엇보다도 소중한 이들이었다.

두 형을 보며 장호는 밖으로 나갔다. 그리고 조용히 운기조식을 시작했다.

그가 익힌 원접신공은 동공이 아닌 정공으로 좌선을 하고서 수련해야만 한다. 안전성이 높아 외부의 충격을 받는다고 주화입마에 걸리지는 않지만, 움직이면서는 내공을 쌓을 수 있는 것은 아니었다.

그는 좌선을 하고 앉아 한 시진간 눈을 반개하고 호흡을 조절하였다.

천지사방의 기운이 그의 입을 통해 그의 전신으로 퍼져 나갔다가 단전에 모여들었다.

그것은 순수하고 심후한 기운이다.

비록 그 양은 미미하지만 그 정순함은 어떤 무공과 비교해도 떨어지지 않는 것이었다.

그뿐이 아니다. 그의 위와 장 속에서 뜨거운 기운이 생겨나 그 기운과 합해진다.

매일 장호가 먹고 있는 약들의 기운이다.

그 기운이 원접신공의 기운과 합해져 순후한 기운이 되어 단전에 쌓였다. 그 양은 단순히 홀로 내공 수련을 하는 것의 배가 넘었다.

그렇게 내공을 수련하고서 장호는 두 눈을 떴다.

그는 두 눈을 뜨고는 자리에서 일어섰다. 이제부터는 유가밀문의 체법을 수련할 차례였다.

역시 호흡을 가다듬으며 몸을 움직인다.

근육을 늘이고 압박하면서 호흡을 바로 하자 단전의 기운이 전신으로 번져 나가는 것을 느낄 수 있었다.

조금씩.

그의 몸은 좋아지고 있었다.

조금씩.

그의 몸은 진화하고 있었다.

그는 그 사실을 느낀다.

불과 몇 달 사이에 그는 강호에서도 상급에 들어갈 무골이 되어 있었다.

몸의 감각은 몹시도 예민하고 기를 민감하게 느낄 수 있으며, 힘과 체력도 또래의 아이들에 비하여 월등해졌다.

확실히 유가밀문의 체법은 대단하다.

이걸 더 어렸을 때부터 꾸준히 했다면 좋았을 것을. 하지만 어쩔 수 없는 일이다.

장호는 그렇게 생각하며 체법을 수련했다.

내공이 모두 소진될 때까지 수련을 하고, 그다음은 천천히 권장법을 수련했다.

심류장은 내가중수법이 장기인 장법이라 딱히 초식이 화려하거나 대단하지도 않다.

그래서 따로 수련을 하지 않고 보법과 권법 등을 수련했다.

몸에 싸움의 감각을 익히게 하기 위해서다.

그런 수련을 모두 끝낸 장호는 부엌으로 들어갔다.

아침 식사를 준비할 시간이었다.

"자, 오늘도 힘차게 하루를 시작해 보실까?"

*   *   *

"왔으면 들어오거라."

오전.

일찍 의방에 도착하니 스승인 진서의 목소리가 방 안에서 들려왔다. 내공을 섞은 전음의 수법이다.

그 말에 따라 장호가 안에 들어가니 진서가 단정한 자세로 앉아 있는 것이 아닌가?

"그래, 생각은 해보았느냐?"

"스승님의 진전을 모두 잇고 싶습니다."

"의선문의 모든 것을 잇고 싶다라. 왜 그리 생각하였느냐?"

"스승님께서 그것을 원하시고 계시니까요."

장호의 대답은 확실히 의외의 것이었고, 진서는 슬며시 웃고 말았다.

그러나 이것은 장호가 고심하여 내린 결론이다.

왜냐하면 장호로서는 이 상황을 더 좋게 풀어나가기 위해서 가장 나은 것이 결국 진서의 진전을 잇는 것이라고 판단한 것이다.

의술만 배울 거라면 그것도 나쁘지는 않다. 어차피 장호 그 자신의 목적은 두 형과 같이 안빈낙도하며 사는 것이 아니던가?

이미 강호에서 종횡무진하면서 다녀보았기에 안다.

강호라는 곳은 칼날 위에서 살아가는 곳이니, 그런 곳과 연관되고 싶지 않았다.

특히 두 형을 생각하면 더더욱 그랬다. 그래서 이왕 하는 김에 아예 고향에 뿌리를 내릴 결심을 하게 된 것이다.

진가의방은 진서가 죽은 이후 없어진다. 전생에는 그랬다.

그 말뜻은 서건 사형이 어디론가 간다는 뜻이다.

그렇다면 진가의방을 장호가 이어받지 못할 이유는 없지 않은가?

나이가 어리지만 의술은 그렇지 않다. 여기서 자리를 잡고 살아가는 데 모자람은 없으리라.

그런 이유로 의선문의 진전을 잇고자 하는 것이었다.

의선문의 무공은 확실히 장호 그 자신의 것보다 상승의 것일 확률이 높았다. 그런 무공을 얻는 것도 좋으리라 본 것이다.

어차피 원접신공은 내공심법만 있고, 그 외의 무공은 전부 장호가 여기저기에서 배워 익힌 것이다.

의선문의 무공을 익히고 그것들을 추가로 익혀도 상관은 없으리라.

게다가 그는 지금까지 내공을 모으는 족족 유가밀문의 체법을 수련하여 몸을 무골로 바꾸어왔다.

단전은 아직 깨끗한 상태이니 이종진기의 충돌을 생각할 필요도 없었다. 그래서 진전을 잇기로 했다.

그리고 가장 큰 이유는 따로 있다.

말 그대로 그의 스승인 진서가 그것을 바라기 때문이다.

진서가 그런 의중을 내비치지 않았다면 장호는 본래의 계획대로 의방을 떠나 스스로 수련하고 두 형을 건사하려고 했을 터다.

그래서 장호는 이리 대답했다.

스승님께서 그것을 원하시고 계시니까요.

"그래, 내가 그것을 원하고 있기 때문이라. 그리하면 네 마음은 무엇이냐?"

"스승님의 길을 따르는 것입니다."

"그것은 네 길이 아니지 않느냐?"

"후에 제 길로 삼으면 되지 않겠습니까?"

"네 길은 무엇이냐?"

"저의 두 형과 행복하게 살면 족합니다."

"너는 행복이 어디에 있다고 보고 있지?"

"부족함 속의 만족이 아닐까 합니다."

"허허! 어린 네가 그러한 이치를 어찌 안단 말이냐?"

진서가 진정으로 감탄한 표정을 지어 보였다.

"내 천하를 주유하며 재능이 뛰어난 이를 많이 보았다. 그러나, 너처럼 이리 세상을 잘 아는 아이는 처음이구나. 네 삶이 너를 이리 바꾸어놓았느냐?"

스승의 감탄에 장호는 속으로 쓰게 웃을 수밖에 없었다. 그는 전혀 뛰어나지 않았다.

분명 장호 그는 비급 하나로 절정고수에 올랐으니 어리석거나 모자라지는 않다.

그러나 뛰어나다거나 천재라는 소리를 듣기에는 사실 많이 부족한 사람이 바로 그였다.

그가 만약 천재였다면 나이 서른에 초절정고수가 되어야 했지 않겠는가?

그러나 그는 절정고수였을 따름이다.

지금의 모습은 그저 그가 서른다섯 살이 될 동안 쌓아온 강호의 경험들에 기인할 뿐이다.

이래서 연륜과 경륜이 무섭다는 말이 있는 것이리라.

여하튼 장호는 자신이 그렇게 특별하다고는 생각지 않았는데, 스승이 자신을 특별하게 바라봐 주니 속으로 쓰게 웃을 수밖에 없었다.

그러나 그것을 내색할 수야 없지 않은가?

과거로 회귀했다는 기사를 말한다 한들 스승이 믿을 수 있으랴?

"그렇다고 생각합니다."

"그렇구나. 좋다. 그러면 너는 이 자리에서 나에게 아홉 번 절하거라."

장호는 천천히 일어섰다. 그리고 스승을 향해 아홉 번 절하였다.

그 와중에 사방으로 몸을 낮추며 말하기를.

"천지신명께 저 장호가 고하나이다. 의선문의 문인이 되고, 의선문의 문규를 지키며, 의선문의 이름을 세상에 길이 남기기를 고하노니, 이를 지켜봐 주시옵소서."

그것은 제자를 받는 의식에서 말하는 신성한 맹세.

진서는 그런 장호를 대견하다는 듯이 바라보고 있었다.

"좋구나. 이제 너는 나의 제자이며 의선문의 문인이다. 우리 의선문의 역사에 대해서 자세히 말하자면……."

진서의 이야기가 길게 펼쳐지기 시작했다.

＊　　　＊　　　＊

송나라 때의 일이다.

송나라의 황궁 어의였던 어경찬이라는 사람이 있었다. 이 사람의 의술은 하늘에 닿았다는 평가를 받았는데, 어느 날 그는 무공을 의술에 사용할 수 없을까 하고 고민을 하였다.

그 당시에도 천하에 이름을 떨어 울리던 무인이 많았고, 송나라의 황궁에는 무공 비급도 상당했다.

어경찬은 무공비급을 연구하는 한편 무인들을 초빙하여 그들에게 무학 강론을 받았다.

그리하여 그는 선천의선강기라고 하는 상승정학을 하나 창안하게 된다.

신공절학이라고 부르기에는 모자람이 있으나 이 선천의선강기는 상당히 대단한 공능을 지닌 것이었다.

그리하여 그는 의선문을 개파하게 되었던 것이다.

그 이후 의선문의 삼대 문주였던 이공현이라는 사람이 스스로를 보호하기 위한 무공을 창안하였으니 그것이 바로 의선행신공이다.

이것은 권장각(拳掌脚)으로 이루어진 무공으로 적수공권(赤手空拳)의 무공이기도 했다.

이 의선행신공은 방어와 수비를 주로 하는 지극히 보신적인 무공으로, 그 초식의 정교함과 위력은 소림의 무공에 비견될 만하다고 볼 수 있을 정도였다.

그 이치는 정중동(멈춤으로 움직임을 제압한다)에 있는 것으로 이 무공 역시 상승절학이라고 할 만했다.

여하튼 이후로 의선문은 제법 크게 성세를 이루었다.

비록 근거지를 두지 말고 천하를 떠돌며 생명을 구하라는 것이 의선문의 문규였지만, 제법 제자가 많이 생겼던 것이다.

그러다가 시간이 지남에 따라 하나둘 유명을 달리하더니, 세력이 줄어 지금에 이르렀다.

의선문의 제자는 이제 진서 하나뿐인 것이다.

그러한 역사와 함께 장호는 선천의선강기와 의선행신

공에 대한 이야기를 자세히 들어야 했다.

선천의선강기는 선천진기를 기반으로 하여 내공을 쌓는 무공이다. 그러나 불완전하다.

만약 선천진기를 완전히 내공으로 만들 수 있었다면 신공절학이라고 불리었을 테지만 그러지 못했다.

그래도 선천진기를 기반으로 하여 내공을 쌓기에 선천진기에 가까운 순후하고 정순한 내공을 쌓을 수 있는 무공이기는 했다.

그리고 그 와중에 조금씩이지만 선천진기도 늘어나는 효과가 있는 무공이 바로 선천의선강기였던 것이다.

이것만 해도 사실 대단하다고 보아야 한다.

선천진기는 태어나면서부터 가지고 있는 가장 근원적인 생명력이라고들 하는데, 이를 인위적으로 늘일 수 있는 방법은 찾아보기 어렵기 때문이다.

이 선천진기가 줄어들면서 사람들은 점점 늙어가고 노쇠해 간다.

내공이 고강한 자들은 선천진기가 줄어드는 속도가 느려지기 때문에 오래 살아갈 뿐 결국 늙은 것은 변함이 없다.

그나마 내공의 양이 극에 이르러 그 어마어마한 양의 내공에 의해서 선천진기가 자극받아 환골탈태를 통해 반

로환동하는 경우가 아니라면 선천진기를 다시 채워 넣거나 인위적으로 늘이는 방법은 전무하다시피 한 것이다.

그런데 이 선천의선강기는 조금씩이지만 선천진기를 늘일 수 있었다. 게다가 내공도 선천진기에 가까워져 순후함이 남다르다.

내가진기가 정순하다는 것은 그 만큼 위력이 강해진다는 것을 뜻한다.

똑같은 일 갑자의 내공이라고 할지라도 그 파괴력과 영향력이 달라지기 때문이다.

그런 이유로 이 선천의선강기는 신공절학에 비하여 조금 손색이 있으나 대단하다고 할 수 있는 상승절학이었다.

상승절학 중에서도 상위에 손꼽힐 그런 무공이라고 할까?

그러나 단점이 있다.

느리다.

원접신공처럼 내공이 느리게 쌓인다. 아니, 원접신공보다도 내력이 쌓이는 속도가 더더욱 느린 것이 바로 이 선천의선강기였다.

적어도 십 년은 일로정진해야만 진전을 보고 강호에 나설 수준이 될 정도였다.

그 강호에 나설 수준이 될 정도라는 것도 십 년을 정진해야 겨우 일류고수 행세를 할 정도이니 말 다한 셈이다.

다만 나이를 먹을수록 강해진다.

적어도 삼십 년을 수련하면 강호에서 의선문의 문인을 이길 자가 거의 없어진다.

그렇다.

수련을 계속하기만 한다면 반드시 초절정고수가 되는 무공.

그것이 바로 선천의선강기였다.

게다가 다른 무공에 비하여 질병과 독에 대한 저항력이 남다르며 장수까지 할 수 있는 무공이었다.

그런 설명을 듣다 보니 장호는 원접신공과 비슷한 바가 있지 않은가 하는 생각이 들었다.

원접신공은 타인의 내공과도 잘 섞이도록 순수함을 강조했고, 독과 질병에 대한 저항력이 기하급수적으로 강해지는 무공이다.

다른 면도 있으나 비슷한 면도 많지 않은가?

의선문의 문인과 원접신공을 만든 이는 서로 아는 사이가 아니었을까 하는 생각마저 들 정도였다.

여하튼 그런 설명을 들은 장호는 그날부터 선천의선강기의 구결을 전수받고, 수련 방법을 전수받았으며, 매일 새벽에 의방에 나와 무공을 수련하기로 하였다.

그것은 무척이나 고된 일이었고 서건이 질색할 만한 일이었으나 장호는 겸허히 그 일을 따르기로 했다.

*　　　*　　　*

"선천의선강기의 시작은 이러하다. 우선 천지자연의 기운중 음기와 양기를 번갈아 받는 것이다. 음기는 달이 떠 있는 축시에 가장 충만하니, 이때에 음기를 단전에 축적하는 것이다."

진서는 다시 말을 이었다.

"또한 축시가 끝나면 불을 피우고 양기를 축적하니, 이로써 음양이기가 단전에 모두 들어찬 것이 아니겠느냐? 그 두 음양이기를 단전에서 충돌시키면 몸에 잠재된 선천진기가 반응하고 기이하게도 천지의 기운이 단전으로 직접 들어와 채워지니 이것이 바로 선천의선강기의 시작이니라."

장호는 그 말을 듣고 멍한 표정이 되었다.

이는 원접신공과 비슷한 점이 있었던 것이다. 비록 단전 안에서 음양이기를 충돌시켜 선천진기를 자극한다는 부분은 원접신공에는 없었으나, 음양이기를 번갈아 받아

들인다는 것은 원접신공과 같았던 것.

원접신공은 음양이기를 받아들인 다음에 음기를 왼손으로 양기를 오른손으로 보낸다. 그다음 두 손을 합장하고 음양이기를 그 자신의 몸을 통해 교류시키면 몸 안에 태극이 만들어지면서 원접진기가 생겨났다.

그런데 선천의선강기는 그와 유사하면서도 더 진보한 내공심법이었다.

"좌선을 하고 앉거라. 운기조식은 할 줄 알겠지?"

"예, 스승님."

장호가 대답하고서 좌선을 하고 앉으니, 스승인 진서가 등에 장심을 가져다 대는 것이 아닌가?

"이렇게 하는 것이다."

그러더니 그의 손으로부터 뜨거운 기운과 차가운 기운이 들어섰다. 그것은 단전으로 곧장 내려가더니, 그곳에서 서로 작게 충돌을 일으켰다.

단전에 자극이 오고, 그의 단전에서 따뜻하면서도 힘찬 기운이 맥동하는 것을 느꼈다.

선천진기!

"해보거라."

진기도인으로 시범을 보인 스승에게 목례를 해 보이고서 장호는 운기조식을 시작했다.

달빛을 받으며 음기를 단전에 모았다.

그 뒤 시간이 흐르자 이번에는 옆에 불을 피워 올리고 양기를 흡수하였다.

그리고 이번에는 음양이기를 가지고 충돌을 일으켰다.

화악.

아까보다 강렬한 생명력의 파동이 전신으로 번져 나간다.

장호는 이것이 바로 선천의선강기의 진수라는 것을 깨달았다.

"좋구나! 단번에 성공할 줄이야. 과연! 과연!"

스승인 진서는 좋다는 듯이 고개를 끄덕였다.

기실 내공 수련을 단번에 성공하기란 불가능에 가까운 일이다.

비록 장호가 원접신공을 수련해 왔다고는 하지만, 선천의선강기는 익히는 것이 그리 쉽지 않았던 것이다.

그러나 그는 원접신공이 선천의성강기와 비슷한 수련을 해야 하는 줄은 몰랐을 것이다. 사실 장호에게 원접신공에 대해서 자세히 묻지 않았기도 했고.

여하튼 그렇게 음양이기를 충돌시켜 선천의선강기의 기운을 만들어낸 장호는 그 기운에 놀랐다.

이는 원접신공보다도 순후하고 정순했기 때문이다.

천하에 원접신공을 뛰어넘을 정도로 순수한 기운이 있을 줄이야!

강호를 종횡하며 많은 이를 만났지만 한 번도 이런 걸 느껴본 적은 없었다.

여하튼 장호는 차근차근 선천의선강기를 수련했다.

그리고 언제나처럼 유가밀문의 체법을 수련하려고 했다. 그러자 스승인 진서가 장호를 멈추어 세웠다.

"유가밀문의 체법이라고 했더냐?"

"예, 스승님."

"진기를 소진하여 근골을 좋게 바꾸어준다는 것은 내들어본 바가 없다. 이치에 맞지 않은 것은 아니지만, 어떻게 그것이 가능한지 좀 보자꾸나."

"예."

장호는 천천히 유가밀문의 체법을 수련했고, 진서는 그를 천천히 관찰했다. 그리고 수련 중인 장호의 손을 잡고 진기를 흘려보내 그 몸 안의 상태도 관찰했다.

"허허! 이게 이렇게 되는구나!"

진서는 크게 개안했다는 표정이 되었다.

"호야, 이를 원접신공과 같이 얻었다고 했느냐?"

"예."

"흐음. 원접신공과 같이 수련하고 있었더냐?"

"예. 그래서 내가 진기를 쌓지 못하였습니다."

"허허, 이거 참 좋구나. 좋아. 네가 이를 이 년만 꾸준히 수련한다면 천하제일의 무골이 될 것이다. 아니야. 약을 쓰면 더 빠르게 될 수도 있겠어."

진서가 뭔가를 생각한 듯 인상을 찌푸렸다. 그러더니 돌연 물었다.

"너는 대환단에 대해서 어찌 보느냐?"

"천하제일의 영약이라고 들었지만, 본 적은 없어서……."

"나도 그러하다. 그것에 대한 이야기는 많으나 내가 수십 년 넘게 강호를 돌아다니면서도 대환단을 사용했다는 이야기를 들은 바가 없다. 그러나 대환단에 버금간다는 무당의 태청단에 대해서는 들은 바가 있지."

태청단.

무당의 영약으로 삼십 년에 단지 하나가 만들어진다했다. 대환단에 비견되는 영약으로 그 제작 과정은 철저히 비밀에 붙여져 있는 물건이기도 하다.

"그것들은 한 알만 먹어도 반 갑자에서 일 갑자의 공력을 얻으며, 그 어떤 내상도 씻은 듯이 낫게 해준다고하지. 그러나 그런 것을 만들기 위해서는 어마어마한 재료들이 필요함을 알고 있느냐?"

"그런가요?"

"그렇단다. 하지만 그렇게 어마어마한 재료들을 쓰지 않아도 비슷한 효과를 볼 수는 있지. 대신 시간이 오래 걸리지만……."

그것인가?

장호는 스승인 진서가 무엇을 말하려는 것인지 알았다.

바로 약재를 이용해 내공을 쌓는 속도를 배가시키는 것이다.

"좋아. 그럼 너는 내일부터 특훈이다. 알겠느냐?"

"예!"

좋아, 특훈이다!

第十一章

이것이 바로 지옥훈련!

지옥훈련을 해봤다고?
안 해봤으면 말을 말아.

경험

"며칠 안 들어올 거라고?"

"응. 스승님이 의술을 본격적으로 가르쳐 주시겠대."

스승 진서의 뜻에 따라서 장호는 한 달간 의방에서 먹고 자고 하면서 무공수련을 하기로 했다.

물론 무공만 수련하는 건 아니다. 의술도 같이 배워야 했다.

그 이야기를 지금 형들에게 하는 중이다.

"여기 집에서 쓰라고 스승님이 주신 거야."

그러고서 장호는 보따리를 풀었다.

그곳에는 은원보가 열 개 있었다. 즉, 은자 열 냥인 것이다.

이거면 적어도 열 달은 놀고먹을 돈이다.

"이, 이걸 쓰라고 주셨다고?"

장삼이 놀라서는 은원보를 보았다.

"응. 내가 아주 마음에 드신다고 하시더라구."

"이야! 우리 호가 정말 운이 좋네. 그래서 어때? 의술을 배우는 거야?"

"응. 본격적으로."

"우와! 그래. 많이 배워서 이 형들도 그 덕 좀 보자."

장삼의 말에 장호는 그저 웃을 뿐이다.

그런데 장일은 웃는 표정이 아니었다.

"호야, 이건 큰 은혜이니 너는 진 의원님을 성심을 다해 모셔야 한다. 알았니?"

그래도 세상살이를 했다는 걸까? 큰형인 장일의 말에 장호는 왠지 마음이 따스해진다고 생각했다.

"응. 걱정 마."

"그래. 우리 호는 잘할 거라고 믿는다. 이 돈은 두었다가 급할 때 쓰마. 당장 집을 좀 수리하는 데 쓰고 나머지는 묻어놓자."

"형, 그래도 우리 고기 좀 먹지?"

"호가 나오면 먹자. 우리끼리만 먹으면 무슨 소용이냐?"

"어, 그건 그러네."

장일과 장삼이 번갈아 가면서 말하는 모습을 보면서 장호는 속으로 웃었다.

조금만 기다려 형.

내가 무공을 가르쳐 줄 테니까.

한 달간 의방에서 생활하고 나온 이후에, 직접 두 형에게 무공을 전수할 생각으로 가득한 장호였다.

*   *   *

두 형에게 보약 달이는 법을 가르치고 그것을 매일 해먹으라고 당부한 장호는 간단한 짐을 꾸려 의방에 들어섰다.

의방에 들어서니 제갈손과 제갈소여는 사라지고 없었다. 그들도 길을 떠난 것이다.

그들이 길을 떠났으니 한동안은 조용하리라고 생각하며 장호는 의방 한곳에 짐을 풀었다.

오늘부터는 한 달간 스승인 진서와 쉼 없는 내공 수련에 들어가기로 했다.

사실 하루 두 시진 내공 수련하는 것이 보통이지만, 오늘부터는 무려 여섯 시진 동안 내공을 수련하기로 했다.

하루 열두 시진 중 절반을 내공 수련에 쏟기로 한 셈이다.

이건 거의 사람이 할 수 있는 수련이 아니다.

왜냐면 여섯 시진 동안 꼼짝 않고 앉아서 내공을 모은다는 것은 상상 이상의 정신적 고통을 가져오기 때문이다.

괜히 강호인들이 두 시진만 내공을 수련하는 것이 아니다. 여하튼 그런 일을 장호에게 시키는 것이었다.

그것도 보통 방법이 아니다.

약액.

진서가 자신의 의방에 쟁여놓은 여러 가지 질 좋은 약재를 커다란 항아리에 쏟아부었고, 장호는 그 안에 들어가 머리만 내민 채로 좌선하고 앉아서 내공을 수련하고 있었다.

피부를 통해서 약액을 흡수하고, 그것을 직접적으로 내공으로 흡수하기 위해서였다.

진서의 말에 따르면 이 약액들의 힘으로 적어도 내공을 세 배 이상의 속도로 쌓을 수 있다고 했다.

이는 그가 의선문의 마지막 제자로서 한이 남아 만들

어낸 속성 내공 수련법이었다.

의선문의 제자들은 어디 한 군데 진득허니 앉아서 내공을 수련할 수 없다.

문규 때문이다.

그러다 보니 내공이 느리게 쌓인다는 치명적 약점 때문에 그간 많은 문도가 죽어나갔다.

그 결과 진서는 그 자신의 대에서 의선문은 봉문한다 생각하고 진가의방을 열어 은거에 들어갔다.

그러나 미련이 남는 것이 사람인지라, 속성으로 내공을 쌓을 방도를 찾았는데 그것이 바로 약을 사용하는 것이다.

보통 무인이라면 내공심법을 개량하거나 혹은 무공 그 자체를 바꾸려고 시도했을 터였다.

만약 제갈세가 같은 곳의 사람이면 기문진식같은 것을 사용했을 수도 있다.

그러나 그는 의선문의 문인.

그러다 보니 의술로 내공 수련을 돕는 방법을 생각하다가 영약에 생각이 미쳤다.

영약은 만들기가 지난하다.

단지 어마어마한 재료들뿐만 아니라 연단의 술도 써야 했으며, 천시와 지시, 인시를 모두 맞추어야 했다.

그는 고심한 끝에 강호의 명문대파라면 대부분 사용하는 내공증진 보조용의 탕약이나 단약들을 더욱 개량하기로 결심하고야 만다.

우선은 뜨거운 양기를 보하는 약액이 들어찬 항아리에서 내공을 수련한다.

그리고 음기를 보하는 약액이 들어찬 항아리에서 내공을 수련한다.

두 약액 항아리의 힘으로 상당한 양의 음양이기를 쌓을 수 있으니, 이를 통하면 선천의선강기를 세 배는 더 빠르게 쌓을 수 있을 것이다.

선천의선강기는 상승절학에 드는 무공임에도 일 년을 꼬박 연공해야 겨우 일 년의 내공을 쌓을 정도로 극악한 속도를 자랑한다.

이는 치명적인 약점이 아닌가?

그러나 이 약액들을 사용한다면 적어도 일 년에 삼 년 치의 내공을 얻을 수 있으리라.

이게 말만 세 배지, 그 정도면 정말 어디 가서도 꿀리지 않을 힘이다.

특히나 선천의선강기는 순후함이 원접신공보다 더 하니, 반 갑자 공력만 있어도 무시당하고 살 일은 없으리라.

여하튼 오늘은 바로 그런 수련을 하는 첫날이다.

덕분에 서건의 업무량이 늘어났지만, 서건은 감히 불평을 늘어놓지는 않았다.

저 수련이 사람 잡는 수련임을 아는 까닭이다.

그러나 장호는 도리어 기꺼웠다. 이렇게 속성으로 강해질 수 있는 방법이 있을 줄이야.

하루 여섯 시진이면 평소보다 세 배는 더 많은 시간을 수련하는 것이 아닌가?

여섯 시진씩 한 달이면 석 달을 수련한 것과 같다.

거기에 약액을 쓴다면? 여기에 다시 세 배를 한 것과 같다. 그러니 거의 아홉 달을 수련한 것과 다름이 없다.

이 얼마나 대단한가?

그러나 견디기 어려운 것은 사실이긴 하다.

그래도 장호는 견디어낼 자신이 있었다.

그렇지 않아도 빠르게 강해져야겠다고 생각하던 차였기 때문이다.

"왔느냐?"

"예, 스승님."

"어제 설명했던 대로 준비해 두었다. 따라오거라."

장호는 결연한 표정으로 스승인 진서를 따라갔다.

스승을 따라 뒤뜰로 가니 항아리 두 개가 준비되어 있

었다.

하나는 열기가 일어나고, 다른 하나는 한기가 일어나고 있었다.

약액에서 열기가 일어나는 것은 그리 어렵지 않다. 그러나 한기가 일어나는 것은 쉬운 일이 아니다.

음기를 보하는 약재라고는 하지만, 음기의 양이 적기 때문이다. 그런데 저리 강한 음기가 일어나는 것은 필시 보통의 약재는 아니리라.

"자, 우선은 음기부터다."

"예, 스승님."

장호는 고개를 끄덕이고 연공에 들어갔다.

우선은 그릇을 만든다. 그것이 스승인 진서의 계획이었다.

하루 여섯 시진의 내공 수련, 그리고 약액의 도움.

그렇게 얻은 내공을 전부 유가밀문의 체법을 사용해서 육체로 승화시키는 거다.

*　　　*　　　*

한 달.

정말 지옥이라고 할 만큼 어마어마하게 수련했다.

본래라면 여섯 시진으로 생각했던 내공 수련이다.

그러나 장호는 여덟 시진이나 해내고 말았다. 본래 하루 수련양의 네 배!

그러고 나서 한 시진 정도 유가밀문의 체법을 수련하고 남은 시간은 휴식을 취하거나 밥을 먹거나 잠을 잤다.

그러기를 한 달.

장호는 예상보다도 더 많은 내공을 얻었다.

계산대로라면 일 년에 해당하는 내공을 얻었어야 될 터였다.

그런데 그는 이 년에 해당하는 내공을 얻은 것이다.

그간 해온 유가밀문의 체법을 통해 체질이 개선되었기 때문이었다.

그리고 그렇게 얻은 내공을 다시금 유가밀문의 체법으로 몸을 다지는 데 사용했다. 유가밀문의 체법이 가진 공능을 알았으니 써먹지 않을 수가 없는 것이다.

그렇게 어마어마한 수련을 단기간에 끝낸 장호의 몸은 그야말로 상상초월의 상태가 되어 있었다.

내력이 없음에도 청각이 몹시 예민하고 예리해졌다. 시력이 극히 좋아진데다가, 온몸의 혈맥이 뻥 뚫린 관도처럼 되어버렸다.

내공을 쌓으면 본래의 사람들보다 몇 배는 더 빠를 정

도다.

그 몸은 그야말로 무공을 익히기에 최적의 몸이나 다름이 없었다.

그렇게 한 달간 지옥 수련이라고 할 만한 수련을 한 장호는 집에 돌아올 수 있었다.

"어, 고쳤네."

그리고 돌아온 집은 조금 바뀌어 있었다.

우선 지붕이 수리가 되어 있었다.

비가 오면 조금씩 새던 지붕이다.

그런 지붕이 완전히 고쳐져 있었다. 그리고 굴뚝도 제대로 고쳐진 듯 반듯해져 있었다.

저번에 준 돈으로 집수리 다 했구나. 좋네.

집에 가보니 문도 열려 있는 채로 그냥 있었다. 사실 담장도 없으니 어쩔 수 없는 일이기는 하다.

게다가 훔쳐갈 거라고는 냄비와 낡은 식칼 정도뿐이라 가져갈 것도 없다.

비어 있는 집에 들어가 장호는 우선 집안을 둘러보았다.

집은 꽤나 지저분했다. 장호는 쓰게 웃은 다음 집을 청소하기로 했다.

우선 침상을 번쩍 들어 밖으로 나왔다.

무골이 된 덕분에 근력이 강해졌고, 이 정도는 가능해진 것이다.

장호는 침상을 모두 꺼낸 다음에 바닥을 쓸었다.

제대로 고르지 않은 울퉁불퉁한 바닥이다. 장호는 그 바닥을 보면서 나중에 집도 좋은 것으로 바꾸어야겠다는 생각을 했다.

할 일이 많군.

장호는 바닥을 쓸어내고 천장의 거미줄까지 전부 없애버렸다. 그리고 먼지를 다 털어낸 다음 침상을 가지고 들어와 놓았다.

그리고는 이불들을 짊어지고서 물가로 향했다.

물가에 가서 이불을 물에 넣자 땟국물이 진하게 우러나오는 것이 보였다.

사실 장호도, 그리고 그의 두 형도 제대로 씻거나 이불 빨래를 하는 경우가 없었다.

딱히 장호의 집만 그런 것도 아니다.

대부분이 이렇게 산다. 가진 것이 없기 때문이다.

장호는 두 형에게 무공뿐만 아니라 삶의 밑천도 필요하다는 생각을 하게 되었다.

장호 그 자신이야 애초에 의술이 있었다. 진가의방을 물려받아도 되고, 그렇지 않는다 해도 돈을 벌 수 있는 능력은 되었다.

그러나 두 형은 아니다.

첫째 형은 그저 소작농에 불과하고, 둘째 형은 이런저런 재주를 진득하게 배우지 못했다.

그렇다면 어떻게 해야 되는가?

장호는 잠시 생각에 잠겼다. 첫째 형은 농사를 오랫동안 하였으니 땅을 주면 될 것이다.

땅을 주는 것은 그리 어려운 일은 아니다. 돈만 있으면 뭔들 못하겠는가?

그렇다면 둘째 형은 어떨까?

생각을 이어가면서 장호는 집안 청소를 끝내고 정리를 다 마쳤다.

그다음으로는 부엌으로 갔다.

밥솥을 열어보니 쉰내 나는 밥이 몇 덩이 있었다. 냉큼 가져다 버리고 냄비들과 식기들, 그리고 숟가락과 젓가락들을 모조리 꺼내어 천으로 가서는 물로 박박 닦아냈다.

그가 없다고 대충 먹고살고 있던 것이 눈에 보여서 한숨이 나올 지경이었다.

여하튼 모조리 닦은 다음 집으로 가서 아궁이에 불을 땠다.

식기를 삶으려는 것이다.

물을 끓이면 어지간한 병마는 사라진다는 것을 진서는 잘 안다. 그래서 이리 삶는 것이다.

그렇게 뜨겁게 가열하여 식기들을 삶은 이후 정리를 하고 보니 해가 떨어지는 것이 보였다.

장호가 그걸 보며 이번에는 밥을 지으려고 쌀독을 여니 쌀이 하나도 없었다.

장호는 한숨을 내쉬고는 집을 나섰다.

한 달간의 수련이 끝난 후 집에 오기 전, 스승인 진서는 장호에게 은자 열 냥을 주면서 집에서 쓰라고 하였다.

그것을 어떻게 쓸까 하고 고민했었는데, 이런 것에 써야 할 것 같았다.

우선 저잣거리로 나선 장호는 잡화상으로 향했다.

*   *   *

"잘 가거라."

거리의 사람들은 현재 장호가 의방에서 일하는 것을 안다.

이 마을에 의원은 진가의방의 진서밖에 없으므로 장호는 꽤나 중요한 인물이 된 탓이다.

그전까지는 장호에 대해서 아는 이는 그리 많지 않았다.

명진서의 객잔에 자주 다니던 단골이 아닌 이상에야 장호를 잘 아는 이가 있을 리 없지 않은가?

여하튼 장호는 잡화상에서 작은 손수레를 하나 샀다. 이 수레 하나에 은자 두 냥이나 하는 물건이지만, 꼭 필요한 물건이기도 했다.

아무리 장호가 힘이 또래의 어린아이에 비해서 강하다고는 하지만 그렇다고 해서 자신의 덩치보다도 큰 물건을 들고 옮길 수는 없는 법이니까.

여하튼 손수레를 산 장호는 다음으로는 미곡상으로 향했다.

"의방의 장호 아냐? 그래, 오늘은 무엇을 사러 왔니?"

미곡상점의 주인인 왕여전이 장호를 알아보았다.

기실 의방에서 곡물을 산다거나 하는 심부름을 장호가 한 덕에 이 왕여전은 장호와 면식이 꽤 있는 사이가 되었기도 했다.

"쌀하고 다른 곡물을 좀 사려고요."

"그래? 뭐가 필요하지?"

"일단……."

미곡상에는 쌀뿐만이 아니라 여러 가지를 팔았다. 장

호는 여러 곡물이 뒤섞인 밥이 몸에 좋다는 것을 알고 있었기에 잡곡을 두루두루 샀다.

그 양은 상당한 것으로 적어도 삼 형제가 한 달간은 배부르게 먹을 수 있는 양이었다.

"잘 가게나!"

"수고하세요."

그렇게 밥을 해 먹을 곡물을 사서 손수레에 담고 장호는 다시 길을 나섰다.

이번에 가는 곳은 고기를 파는 정육점이다.

장호가 의방에서 대외적인 물건을 사오는 심부름을 도맡아 하면서 정육점에도 몇 번이나 온 적이 있었다.

스승인 진서에게 소화가 잘되는 음식을 해서 올리기는 하지만 고기를 안 쓸 수는 없었다.

고기는 확실히 곡물에 비하면 몸에 힘을 주는 효과가 더 강렬하기 때문이다.

여하튼 정육점에 가니 정육점의 건이라는 중년 사내가 장호를 맞이해 주었다.

"어서 오거라. 그래, 오늘은 얼마나 고기를 사 가려고 왔지?"

"돼지고기 배 쪽의 살로 한 근 주세요."

"뱃살로? 회과육이라도 하려고?"

"아뇨. 동파육 만들 건데요?"

"동파육이라! 거 좋지. 잠시만 기다리거라."

장호에게 시원스레 대답을 해준 중년 장한은 안으로 들어가더니 기름종이에 쌓인 돼지고기를 가져왔다.

피가 뚝뚝 흐르는 것이 오늘 낮에 도축된 고기인 듯싶었다.

"감사합니다."

장호는 값을 치르고는 정육점을 나왔다.

중원에서는 소고기보다 돼지고기를 제일로 친다. 그리고 중원사람들이 제일 좋아하는 고기도 바로 돼지고기였다.

그 이후에도 이런저런 식재료를 잔뜩 산 장호는 적지 않은 돈을 쓰고서야 손수레를 가득 채울 수 있었다.

그리고서야 장호는 집으로 향했다.

이 식재료들은 대략 한 달 정도 장호의 형제들을 먹여 살릴 것이다.

덜그럭덜그럭.

집에 도착하자 날이 거의 저물었다.

장호는 빨리 식사 준비를 하기로 했다. 곡물을 섞어 밥솥에 올리고, 동시에 형제들을 위한 동파육을 만들기로 했다.

사실 동파육은 제대로 만들려면 오랜 시간이 걸린다.

때문에 장호는 동파육과 같은 맛이 나는 돼지고기 찜을 하기로 했다.

두 형은 늦게 돌아오므로 지금부터 만들기 시작하면 얼추 시간이 맞을 터였다.

장호는 느긋하게 물이 끓는 것을 보았다.

그리고 새삼스레 자신의 현 처지를 생각하게 되었다. 전생에 강호로 나가서 겪은 많은 일.

그리고 보면 연애는 해본 적이 없어도, 친우라고 부를 만한 이는 있었다.

"풍뢰보, 그는 무엇을 하려나?"

풍뢰보. 그보다 나이가 두 살 어리지만, 장호는 그를 기꺼이 친구로 대하였다.

그는 풍운신룡보라고 하는 기괴막측한 경공을 익혔는데, 그것은 단순한 경공이 아니었다.

과거 장호가 듣기로 그 풍뢰보는 능히 신공절학이라고 부를 만한 대단한 경공보법이었기 때문이다.

전설의 마교 교주가 사용했다던 무공인 천마군림보에 비견할 만한 무공이라고 했던가?

실제로 그러했는지는 알지 못하지만 그 친구가 대단히 빨랐다는 것은 기억한다.

풍뢰를 잡으려면 유령이 있어야 한다.

이것이 그 당시 강호에 떠돌던 이야기 중 하나였다.

여기서 유령이란 유령신투를 말하는 것으로, 그 행적을 찾아낼 수 없는 신비막측한 도둑의 별호였다.

"흐음."

그는 강호의 옛 일들을 기억했다.

스물이 되기 전에 강호에 뛰어들어 십수 년간 종횡했던 때의 기억들.

좋지 않은 기억이 많지만, 좋았던 때도 있었다.

풍뢰보 이광을 사귀었던 일도 그렇지만 그 외에 혈암 요녀 여이빙을 구해주었던 일 같은 특이한 일도 있었다.

여이빙.

그녀는 지금 어디에 있을까?

"그러고 보면… 그녀에게도 빚을 갚아야겠지."

전생의 빚이다.

그러나 그것은 장호에게는 마음의 빚으로 남았다. 그것들은 갚을 가치가 있었다.

비록 그들은 기억 못할지라도.

*　　　*　　　*

"이게 무슨 좋은 냄새야?"

장삼이 돌아왔다.

해가 이미 떨어진 지 꽤 되었는데, 이제야 장삼이 돌아온 것이다.

장일은 아직 오지 않았다.

그러나 장삼이 돌아왔으니 장일도 곧 올 터였다.

"형 왔어?"

"호야! 뭐야? 집에 돌아온 거야?"

"응, 이제부터는 집에서 다닐 거야. 일은 얼추 끝냈어."

"그래? 그런데 이게 무슨 냄새냐?"

"사부님께서 고기를 좀 주셨어. 그걸로 요리하고 있는 거야. 거의 다 됐어."

"뭐? 고, 고기?"

"응, 고기."

"우와! 네 사부님 통 크시네."

"곧 다 되니까 우선 좀 씻어."

"뭐야, 오늘 무슨 날이야?"

"그런 건 아닌데 스승님께서 매일 씻으라고 하셨어. 매일 한 번씩 씻으면 병에 안 걸린대."

"어? 정말이야?"

"응."

"어, 그럼 씻고 올게. 근데 물이 있으려나?"

"내가 떠다놨어."

"그래? 고마워."

장삼은 그리 말하고는 씻으러 밖으로 나갔다.

그런 장삼이 씻으러 간 사이, 저 멀리에서 호롱불을 하나 든 소년이 걸어오고 있었다.

장일이었다.

"어? 호야 왔었니?"

"응. 오늘 낮에."

"냄새 좋네. 이거 네가 준비한 거야?"

"어."

"그래, 고기인 거 같은데 돈은 어디서 났어?"

"스승님이 주신 고기야."

"그래? 감사하다고 인사는 했고?"

"걱정 마. 내가 애인 줄 알아?"

"녀석⋯⋯."

장일은 다가와서는 장삼의 머리를 흐트러뜨리듯 쓰다듬어 주었다.

"삼이 녀석은 왔어?"

"씻고 있어. 형도 씻어."

"웅? 씻어? 제삿날은 아닌데?"

"스승님이 자주 씻으라고 하셨어. 그러면 병이 잘 안 걸린대."

"어, 그래? 그럼 나도 씻어야겠네."

장일은 장호의 말을 듣더니 씻는 곳으로 향했다.

장호는 그런 형의 뒷모습을 바라보다가 몸을 돌렸다.

상을 차릴 시간이었다.

상을 차려 방에 가져다놓자, 그럭저럭 깨끗해진 두 형이 방 안으로 들어왔다.

수건으로 머리를 털면서 들어오는 둘은 장호가 차린 것을 보고는 두 눈이 휘둥그레하게 변하였다.

"어, 호야. 이거 뭐야?"

"동파육. 명진서 어른의 가게에서 배운 거야."

"진짜? 이야, 우리 호가 이런 것도 할 줄 알았어?"

사실 동파육은 명진서의 가게에서 배운 것은 아니다.

그가 명진서의 가게에서 요리에 대해서 배운 적은 있다만 동파육은 아니었다.

동파육은 그가 강호를 떠돌아다닐 때 해 먹던 음식 중 하나다.

그는 한 숙수를 구해준 적이 있었는데, 그 숙수에게 이 동파육을 만드는 법을 배웠었다.

그 외에도 몇 가지 잡다한 요리법을 배웠는데, 그의 손 재주가 제법이라 먹을 만한 요리를 만들 수가 있었다.

그 솜씨가 발휘된 것인데, 두 형은 모두 깜짝 놀란 표정을 지어 보였다.

"일이 형, 그리고 삼이 형. 많이 먹어, 알았지? 이제부터는 내가 맛있는 거 많이 해줄게."

"헤에, 호가 이렇게 요리를 잘하게 될 줄은 몰랐네. 맛있게 먹을게, 호야."

장삼은 그리 말하고는 젓가락을 들어 보였다.

장일은 조금은 복잡한 표정으로 장호를 바라보고 있었다.

그러나 이내 한숨을 내쉬고는 젓가락을 들었다. 식사가 시작되었다.

삼 형제는 맛있게 식사를 했다.

고기는 입안에서 살살 녹았고, 밥은 여러 가지 곡물이 섞여 있었지만 꿀보다 맛있었다.

그리고 무엇보다도 중요한 것은 배가 부를 정도로 푸짐하게 먹었다는 점이었다.

장가 삼 형제는 밥을 배부르게 먹는 적이 거의 없다.

늘 경제적으로 부족했기 때문이다.

이렇게 푸짐하게, 그리고 배부르게 먹은 것은 거의 없

는 일이었다.

"배, 배불러. 배불러."

장삼이 빵빵한 배를 부여잡고는 자신의 침상에 가서는
누웠다.

"호야, 스승님께 꼭 감사하다고 다시금 인사해야 한
다. 알았지?"

장일도 부푼 배를 만지며 장호에게 다짐을 받았다. 그
모든 모습이 장호는 좋았다.

이제 식사도 제법 했으니 본격적인 용건을 꺼낼 때가
되었다.

"일이 형."

"응?"

"스승님이 형들에게도 가르쳐 주라고 하신 것이 있
어."

"가르쳐 주라고 하신 것?"

장삼이 뭔가 득이 될 만한 일인가 싶어서 귀를 쫑긋한
다.

"응."

"그게 무엇이지?"

장일이 물었고, 장호는 대답했다.

"무공."

무공(武功).

뜻을 풀이하자면 '무를 쌓는다'라고 해야 옳다.

여기서 무(武)란 싸우는 기술, 방법, 요령 같은 것을 뜻하니 결과적으로 싸우는 방법을 쌓아나간다는 뜻이 될 것이다.

이 무공이라는 단어가 언제 적에 생긴 단어인지는 사실 강호인들도 모른다.

그러나 지금에 와서는 널리 쓰이는 단어이기도 했다.

주먹을 쓰는 방법인 권법, 손바닥을 쓰는 방법인 장법, 검을 쓰는 방법인 검법.

이것들 모두가 무공의 범주 안에 들어간다.

그런 무공은 낮은 것에서 높은 것까지 몹시도 다양하다.

그중 최고로 높은 것은 신공절학이라고 부르는 것으로서, 이 무공들은 인간을 인간이 아니게 만들어준다.

여하튼 그런 무공에 대한 것은 이 중원을 살아가는 사람이라면 모를 수가 없는 이야기다.

다만 무공의 실체를, 경지에 이른 무공을 본 이의 수는 그리 많지 않다.

하늘을 날고 맨손으로 바위를 부순다는 그런 이야기는 떠돌지만 중원에서 살아가는 대부분의 사람은 그러한 모습들을 본 적이 없다.

"정말 무공이야?"

"그렇다니까."

"막 하늘을 날고 그럴 수 있는 거야?"

장삼의 두 눈이 반짝거리다 못해서 빛이 날 정도였다.

"스승님 말씀으로는 열심히 하면 가능하다고 하셨어."

"오오오오! 무, 무공!"

"그런데 하늘을 날 정도가 되려면 삼십 년은 수련해야 한다고 하셨는데……."

"삼, 삼십 년?"

"응."

장삼의 얼굴에 질렸다는 표정이 떠올랐다.

그럴 것이다. 삼십 년은 어마어마하게 긴 시간이니까.

그러나 삼십 년을 꼬박 수련해도 하늘을 날아다니지 못하는 이들이 부지기수라는 것을 장삼은 모를 것이다.

"그래도 익혀두면 무척 좋아. 우선 병도 안 걸리구. 힘이 세져."

"세져?"

"응. 이렇게."

장호는 옆의 침상을 번쩍 들어 보였다.

"우와!"

장삼이 경악한 표정이 되었고, 장일은 진중한 표정에 파문이 일어났다.

"한 달간 힘 세졌어."

"대, 대단하다! 호야! 대단해!"

"응. 그러니 형들도 가르쳐 줄 테니까 배워. 삼이 형 당분간 일 가지 말구 일이 형 일 도우면서 같이 수련해. 스승님이 그러라고 하셨어."

스승님을 꽉꽉 팔아먹고 있는 장호였다.

"이거 시간 걸려."

"얼마나?"

"꽤 오래. 일이 형은 쉴 수 없잖아. 그러니 내일 삼이 형이 쉬면서 나 도와줘."

"좋아, 그렇게 하자. 그런데 익히면 나도 너처럼 그렇게 힘이 세질 수 있는 거야?"

"물론이지."

장호는 빙그레 미소를 지어 보였다.

　　　　　*　　　*　　　*

　무공 전수는 확실히 어려웠다.

　장호는 의선문의 선천의선강기가 아닌 원접신공을 가
르쳤는데도 그랬다.

　선천의선강기는 원접신공보다도 기감을 열기 어렵고,
내공을 쌓기가 어렵다.

　원접신공도 그리 빠른 속도를 가지지 않은 것을 감안
하면 이것을 수련케 하는 것은 어려운 일이었다.

　왜냐하면 뭔가 수련하고 있다는 증거가 없기 때문이
다.

　증거가 없으니 잡념이 끼이고, 잡념 때문에 수련에 전
념을 할 수가 없게 된다.

　그래서 장호는 유가밀문의 체법을 하지 않고 모아들인
한 줌의 내공을 두 형에게 밀어 넣어주었다.

　기감을 강제로 일깨우기 위해서다.

　기를 접하게 되면 기감이 형성된다.

　이렇게 외부에서 내가진기를 불어 넣어줌으로써 기감
을 더 빠르게 형성하는 것이 가능했다.

　이건 강호의 명문대파나 명문세가에서는 다 하는 일이
다.

기초부터 튼튼히 하는 것이 그들의 방식이지 않던가?

여하튼 기감을 열어주었음에도 장일과 장삼은 진득하게 무공을 수련하기가 어려웠다.

내공 수련이라는 것이 본래 그런 거다.

집중하여 내공을 수련하기가 쉽지가 않다. 그래서 장호는 두 형이 진득하게 집중할 수 있도록 도와야 했다.

그렇게 내공을 수련한 지 십 일째.

드디어 장일이 내공을 단전에 쌓을 수 있었다.

그것은 손톱만큼도 안 되는 작은 양이었으나, 그것이 단전에 있음을 느끼게 된 것이다.

"형, 축하해!"

"아랫배가 따스해."

"그렇지? 그걸 키우는 거야. 점점 키우면 돼. 나중에 좀 커지면 잠을 거의 안 자도 안 피곤해진대."

장호는 아랫배를 만지는 장일을 보면서 흐뭇한 미소를 지어 보였다. 이를 위해서 오랫동안 고생했었다.

이제 두 형을 잃지 않아도 될 것이다.

그리고 미리미리 전염병을 준비해 두어야겠지.

"호야, 나중에 한번 네 스승님을 뵈러 가자. 인사를 드려야 해."

언제나 진중한 얼굴로 전혀 열여섯 살 같지 않은 행동

을 했던 큰형 장일.

"형 된 거야? 진짜? 나도 곧 되겠지?"

쾌활하고 유쾌했던 둘째 형 장삼.

빙그레.

다시는 오지 않을 거라 생각한 시간이 손에 돌아왔다.

신일까? 악마일까?

누가 이런 기회를 준 것인지는 모르겠지만,

장호는 그에게 이렇게 말하고 싶다.

고마워.

第十二章

구름처럼 시간도 흐르는구나

시간은 누구도 막을 수 없다.

옛 이야기

의원귀환

"으갸갸갹."

장호는 하루 여덟 시간 이상을 무공수련에 쏟아붓고 있었다.

진서의 제자가 되어 의선문의 문인이 된 지 이제 삼 개월.

계절은 겨울이 되었고, 부지런히 만들어둔 감기약과 몸을 보하는 약들이 불티나게 팔리고 있었다.

그뿐이 아니다.

부상을 입은 사람이나 병에 걸린 사람이 꽤나 많이 발

생하여 진가의방을 찾았고, 서건과 진서는 무척이나 바빠졌다.

그렇게 두 명이 바빠지는 동안에도 장호는 스승이 제시한 수련을 해야만 했다.

우선은 내공 수련이다. 그리고 그 내공을 소모해서 유가밀문의 체법을 수련했다.

유가밀문의 체법을 한계까지 수련하기로 결정한 탓이다.

그다음으로 한 것은 바로 근력 수련과 감각 수련이었다.

유가밀문의 체법은 몸을 더 나은 무골로 만들어주지만 그렇다고 근육이 단련되는 것은 아니었다.

그래서 뼈에 좋다고 알려진 약재들을 섭취하고 근력 수련을 하며 육체를 단련했다.

어차피 내공은 전부 소모되고 있으니 근력 수련을 병행하는 것이 더 낫다 판단한 탓이다.

근력 수련이라지만 보통의 근력 수련은 아니다. 일종의 외공을 수련한다고 보아야 했다. 그 와중에 감각 수련도 병행했다.

감각 수련이란, 청각이나 촉각 같은 감각을 단련하여 더 뛰어나게 만드는 것이었다.

이미 유가밀문의 체법 수련을 통해서 감각이 활성화되어 있었지만, 감각을 일깨우는 전문적인 수련을 하자 더더욱 뛰어난 오감을 가질 수 있게 되었다.

물론 그러기 위해서 장호는 어마어마한 고련을 하고 있긴 했다.

만약 장호가 전생의 기억을 가지고 있지 않았다면 견디지 못했을 정도로 지독한 수련이었다.

"후욱, 후욱."

쿠웅!

도르래에 연결된 무거운 금속의 추가 땅에 떨어져 내렸다.

장호는 지금 단단하고 질긴 줄을 자신의 팔에 감고서 당기고 있던 중이다.

이 줄은 도르래에 걸려 있고, 줄의 끝에는 금속 추가 매달려 있었다. 즉 금속 추를 들어 올리는 근력 수련 중인 것이다.

불과 삼 개월이지만 장호의 키는 껑충 커졌다.

제대로 음식을 먹고, 무공을 수련하다 보니 키가 급속도로 자라기 시작한 것이다.

키만 자란 것이 아니다. 몸에 근육도 붙었고 살도 붙었다. 그러다 보니 도저히 열두 살의 나이로 볼 수 없는 몸이 되고 말았다.

이대로 수련을 계속한다면 십삼 세가 되는 내년에는 이미 열여섯 살로 보일 정도로 자라날 것 같았다.

아니면 그 이상으로 자랄지도 모른다.

이러다가 키가 칠 척이나 팔 척에 가까워질지도 모른다는 생각이 들 정도다.

팔 척이면 거인이라고 불러도 될 정도다.

이 중원에서 팔 척의 키를 가진 이는 거의 없다고 해도 과언이 아니니까.

여하튼 그런 두려움 속에서도 현재 장호는 가혹한 수련을 행하고 있었다.

명문대파의 수련도 상당히 엄격하기로 소문나 있지만, 유년기 시절에는 그렇게 강도 높은 수련을 행하지는 않는다.

이유는 별게 아니다.

바로 정신 때문이다.

유년기의 아이들에게 강도 높은 수련을 시킨다면 어떻게 될까?

정신적 압박감은 보통이 아니고, 육체적인 고통도 어마어마할 것이 뻔하다.

그런 아이가 제대로 성숙한 정신을 가진 채로 성장할

수 있을까?

때문에 강호의 명문대파는 유년기에 내공 수련과 함께 기초적인 감각 수련, 그리고 정신 교육을 실시한다.

적어도 열네 살까지는 그렇게 수련을 하며, 열다섯 살부터 본격적이고 혹독한 수련을 실시하게 되는 것이다.

그리고 열여덟 살즈음에는 그 모든 것이 합쳐져 적어도 일류고수로 거듭난다.

그것이 바로 명문대파의 체계적인 수련 방법의 힘이었다.

수십 년 강호를 종횡해도 일류고수 소리 듣는 이가 많지 않은 것이 현실인 것을 감안하면 겨우 열여덟 살에 적어도 일류고수 소리를 들을 수 있는 것이 명문대파의 제자들이다.

그러니 이 얼마나 대단한가?

여하튼 그런 이유로 유년기에는 그리 강도 높은 수련을 하지 않는다.

그런데도 진서는 장호에게 강도 높은 수련을 시키고 있었다.

그리고 장호는 진서가 이렇게 서두르는 이유를 내심 짐작하고 있었다.

오래 남지 않았다.

장호가 알기로 이 년, 아니, 이제 겨울이 거의 갔으니 일 년 남짓 남았을 터다.

일 년이면 의선문의 진전을 모두 전수하기에는 짧은 시간.

그렇기에 진서는 서두르는 것이다.

그 내심을 알기에 장호는 따르고 있었다. 그리고 이 정도 고행은 그도 바라는 바.

두 형을 위해서라도 빠르게 강해질 필요가 그에게는 존재했다.

더 빠르게, 그리고 더 효과적으로 강해져야 한다.

형들을 위해서.

장호는 그리 생각했다.

"웃차. 이제 약액에 들어가서 요상결을 사용하고……."

최근에는 내공을 수련하고 그 내공을 전부 유가밀문의 체법에 소모하지는 않았다.

이렇게 근력 수련과 감각 수련을 하고 난 다음에 지친 몸을 치료하는 데에 쓰기 위하여 조금의 내공을 남기고 있었다.

유가밀문의 체법을 수련하면 수련할수록 내공을 모으는 속도가 점차 빨라졌다.

장호의 육신이 그만큼 기에 민감해지기 때문에 가능한 일이었다.

여하튼 최근에는 몸을 만드는 수련에 집중하고 있었는데, 봄이 오면 그때부터는 의선문의 진신절기를 전수받기로 되어 있었다.

의선신행공은 물론이거니와 선천의선강기의 내공을 쌓는 수법 외의 여러 가지 내공 운용술을 배워 익히기로 한 것이다.

그것도 일 년 안에 배울 만한 것들은 아니지만, 시간이 없었다.

게다가 의술도 배워야 한다. 의선문의 의술은 장호가 모르는 것도 많았다.

물론 의선문이 모르는 것을 장호가 아는 경우도 있긴 했다.

의술의 높고 낮음을 떠나서 지식이란 다양다종하여 생긴 일이다.

여하튼 그나마 다행이라면 의술의 경우 대부분이 서책으로 남아 있다는 점이었다. 그리고 서책만 있다면 이미 의술로 일가를 이룬 장호가 전부 배울 수 있다는 것.

어쨌거나 현재 시간이 그리 없었다.

진서가 장호에게 자신의 모든 것을 전수하기로 마음먹

은 탓이다.

덕분에 진가의방이 지금까지 쌓아온 재화가 소모되고 있었다.

그러나 어차피 진서에게는 자손이 없다.

첫째 제자인 서건은 진가의방을 이어받을 것이 아니므로 진가의방의 재화는 결국 진서가 죽으면 장호의 것이 될 터.

그래서 재화를 쓰고 있었다.

약액이 끓고 있는 항아리에 기어 들어간 장호는 그 안에서 요상결을 운용했다.

내기가 전신을 어루만지고 약액이 몸에 흡수되는 것을 느낀다.

대략 반 시진을 그러고 있던 장호는 밖으로 기어 나왔다. 그리고는 물로 몸을 씻어 내리고 시간을 가늠했다.

이제 간단하게 권각법을 수련하여 몸에 싸움에 대한 감각을 조금 각인시키면 오늘의 수련은 끝이다.

획, 휘획! 쐐액!

권검타공.

이것은 검법과 권법이 뒤섞여 있는 무공으로 지극히 실전적인 무공이었다.

강호의 기준으로 치면 일류의 무공으로 살인기계가 많은 그러한 무공이었다.

투로는 조금 단순하지만, 신속 정확하게 적을 사살하는 데에 그 목적을 둔 무공이다.

이 무공은 기실 송나라 시대에 군부에서 만들어진 것이었다. 송나라 시대에 원에 대항하기 위하여 만들어진 무공인 것.

그러나 정작 만들어진 후에 제대로 관병들에게 전수되지 않고 사장되었다.

그 이후에는 강호에 굴러다니다가 장호의 손에 들어왔는데, 권검타공은 딱히 파훼법이 존재할 만큼 초식이 정교하거나 대단하지 않았다.

그래서 쓰는 것이다.

그에게는 실전적인 전투 방법이 필요했기 때문이다.

그는 과거부터 지금까지 효율을 중시했기에 빠르게 적을 쓰러뜨리는 권검타공을 마음에 들어 했던 것.

여하튼 그런 권검타공을 수련하는 중이다.

몸을 풀기에도 좋고, 감각을 몸에 새기기에도 좋았으니까.

그렇게 권검타공의 초식을 수련한 장호는 그제야 모든 수련을 끝내고 옷을 갈아입었다.

이미 달이 하늘 높이 떴다.

"일 년이 이렇게 지나갔구나."

장호는 하늘을 보며 생각에 잠겼다.

생각보다도 더 빠르게 성취를 얻는 중이다. 특히 유가밀문의 체법 때문에 큰 진전이 있었다.

장호는 잠시 생각하다 집으로 향하기로 했다.

*　　　*　　　*

스승인 진서에게 인사를 하고, 지친 서건 사형에게도 인사를 한 후에 장호는 집을 나섰다.

집에 가서 형들의 수련을 봐주어야 한다.

삼 개월간 장호의 형들은 내공을 쌓을 수 있었다. 쥐꼬리만 한 내공이지만, 그것이 있고 없고는 차이가 크다.

실제로 장일과 장삼은 전보다 덜 피로했고, 더 빠르게 회복했다. 그리고 근력도 미미하게 늘어났다.

장일과 장삼은 그 사실에 크게 기뻐했다.

지치고 피로하다는 것은 고통스럽다는 말과 다름이 없다.

대부분의 사람은 고통을 인내하면서 살아가는 것이다.

그러나 내공에 의해서 그 고통이 완화되니 정말 살맛이 나는 것이다.

그래서 더더욱 두 명은 일로정진하며 원접신공을 익히고 있었다.

장호는 그래서 두 형이 어느 정도 내공을 모았다 싶으면 그때에는 선천의선강기를 가르칠 생각을 하고 있었다.

장호는 진서의 진전을 이어받아야 하기 때문에 이리 서둘러 고련을 하는 것이지만, 두 형은 그럴 필요가 없는 탓이다.

게다가 원접신공만으로도 충분한 것도 사실이긴 했다.

장호도 원접신공을 부단히 수련하여 십 년 만에 절정고수가 되지 않았던가?

지금도 장호는 내공만 부족하다뿐이지 절정고수였다. 전생의 기억과 경험이 어디 가는 것은 아니기 때문이다.

여하튼 장호는 집을 향해 걸었다.

이관의 외곽에서 조금 떨어진 한적한 곳이 장호의 집이니만큼 상당한 시간을 걸어야만 했던 것이다.

그러나 장호의 걸음은 빨랐다. 결코 뛰는 것은 아니었

지만 거의 비슷한 속도로 걷고 있었다.

평지보라고 하는 보법으로, 전생에 장호가 익혀두었던 보법 중 하나였다.

여하튼 그렇게 집을 향해 발발거리면서 돌아가던 장호는 저 멀리서 희미한 싸움의 소리를 들을 수 있었다.

이런 곳에서 웬 싸움?

장호의 집 자체가 마을에서 멀리 있기에 근처에 인적이 없긴 하다.

그렇다고 장호의 집에 지금까지 도적이 든 적도 없었다.

그런데 싸움 소리라?

과거에 내 집 근처에서 강호인들이 싸운 적이 있었나?

장호는 잠시 생각을 정리하고는 소리가 나는 곳을 향해 천천히 다가가기 시작했다.

*　　*　　*

검은 복면이라는 것은 어둠속에서 특히나 효과적이다.

구름이 잔뜩 끼어 달빛조차 가려진 밤이면 이 검은 복면에 검은 옷을 입을 경우 어지간하면 눈에 띄지 않는다.

이런 이들을 강호에서는 야행인, 혹은 흑의인이라고들 부르며 경원시한다.

이유는 여러 가지가 있지만 대부분의 야행인과 흑의인은 떳떳하지 못한 일에 종사하는 경우가 구 할이나 되기 때문이다.

구 할.

열 명 중 아홉 명은 떳떳하지 못하고 하늘을 우러러 부끄러운 짓을 하는 자라는 뜻이다.

이런 야행복, 흑의 복면을 하는 이들의 면면을 살펴보자면 이 통계가 납득이 갈 수밖에 없다.

보통은 양상군자라고 하는 물건의 소유권을 이전하는 사람이나 선수금을 받고 죽음을 판다거나 자신의 정체는 알려지지 않은 채로 누군가를 단체로 습격하려는 사람들이 주로 이런 옷을 즐겨 입는다.

그러다 보니 야행인, 흑의 복면인은 척 봐도 악의 종자로 여겨도 좋을 정도가 되었다.

그리고 바로 그런 악의 졸개, 혹은 악의 종자로 보이는 복색을 한 이 세 명이 한 소녀를 추격하며 달리고 있었다.

타다다다.

충만한 내력, 그리고 정확하고 절도 있는 움직임.

강호의 삼류 낭인이 쓸 법한 경공이나 보법은 결코 아니었다.

역사와 전통이 있는 문파의 보법을 사용하는 것으로 보이는 세 명의 흑의 복면인이 몹시 빠르게 내달렸다.

그 움직임은 은밀함에도 불구하고 몹시 빨라 마치 어둠 속을 달리는 비호와 같은 느낌이 들었다.

그런 흑의 복면인의 앞으로 달려나가고 있는 소녀는 이제 막 열여섯 살 정도 되어 보이는, 꽃봉오리가 피어나기 직전의 아름다움을 간직한 어여쁜 여아였다.

십육 세의 나이라면 완전히 어린 것도 아니고 완전히 성숙한 것도 아닌 미묘한 상태의 나이지만 그 때문인지 소녀에게는 독특하고 치명적인 매력이 엿보였다.

게다가 단지 예쁘기만 한 것이 아니다.

어림에도 불구하고 소녀에게서는 염기와 요기가 흘러나왔다.

그리고 그 입술은 마치 석류처럼 붉어 보는 이로 하여금 절로 매혹되는 기분이 들었다.

이 소녀는 누구인가?

그리고 왜 이 흑의인들은 소녀를 추격하는 것일까?

소녀의 옷은 강호의 여인들이 입는 무복으로, 치마가

아닌 바지에 상의 역시 간편한 것이었다.

그러나 그런 옷 여기저기가 찢겨져 피가 흐르고 있는 것으로 보아 결코 좋은 상황은 아닌 듯 보였다.

"쯧!"

소녀는 두 눈을 찌푸린 채로 뒤를 힐긋 보았다. 복면인의 수는 기실 이것보다 많았었다.

그러나 한 차례의 격돌 당시.

그녀는 은밀히 구했던 독을 사용하여 복면인들의 수를 격감시킬 수 있었다.

그러나 그 순간 무사했던 이가 몇몇 있었고, 그들과 힘겹게 싸워야만 했다.

그리고 지금.

저들 세 명이 그녀를 계속 따라오며 공격하고 있었다.

저들 셋의 실력은 일류와 절정의 사이로 보이는데, 이 정도 실력의 정예를 부릴 수 있는 집단은 강호에 많지 않다는 것도 그녀는 잘 알고 있었다.

그녀는 아주 어린 나이에 스승과 함께 강호를 떠돌아다녔다.

그녀의 스승은 결코 좋은 사람은 아니었지만, 그렇다고 그녀에게 못되게 굴지도 않았다.

비록 삼 년 전 그녀의 스승은 비참한 최후를 맞이하고
말았으나, 그래도 스승으로서 그녀에게 최후의 유산을
남겼을 정도다.

그 유산이 아니었던들 아직 어린 나이인 그녀가 지금
까지 강호에서 살아남을 수 있을 수는 없었을 터다.

소요화 여이빙.

그것이 이 어린 소녀의 별호다.

탁.

소녀는 멈추어 섰다.

주변에 논밭밖에는 없는 한적한 곳에 멈추어 선 그녀
는 뒤돌아서서 앙칼진 표정으로 품 안에서 비도를 꺼내
어 들었다.

그녀는 살아남기 위해서 여러 가지 무공을 익혔는데,
비도술도 그중 하나였다.

"대체 어디서 온 분들이죠?"

그녀가 뾰족한 목소리로 물었다.

"얌전히 따라오기나 하시지. 전주님의 명만 아니었던
들 네년이 지금 그런 모습으로 우리 앞에서 칼을 들 수나
있었을 것 같으냐?"

복면인중 하나가 몹시도 마음에 들지 않는다는 듯한
어조로 다그쳐 왔다.

처음부터 그랬다.

일곱 명의 복면인이 나타나 그녀를 강제로 납치하려고 했었던 것이다.

그들은 그녀에게 조금의 상처를 입힐지언정 치명적인 상처를 주려고는 하지 않았다.

"네년이 절정의 경지일 줄은 몰랐기에 둘이 죽어버렸어. 그 대가를 네년의 몸에 새겨줄 테다."

"어머, 저를 크게 상하게 하면 안 되는 것 아니었나요?"

"닥쳐, 그 가랑이를 찢어버리기 전에."

"흥! 어디 해보시죠?"

여이빙은 상대를 보며 도리어 코웃음을 쳤다.

저들이 여이빙에게 살수를 쓰지 않았기에 여기까지 도망올 수 있었던 것이기도 했지만, 그녀가 절정고수이기 때문에 도주할 수 있었던 면도 있었다.

절정고수!

겨우 열여섯 살인 그녀가 어찌 절정고수가 될 수 있으랴?

때문에 흑의 복면인들은 그녀의 무의를 제대로 알지 못하여 낭패를 당한 셈이다.

강호에서 그녀의 무위는 이제 일류의 수준에 내공은

이십 년 정도라고 알려져 있었다.

이것만 해도 대단한 것이다. 아무리 강호의 명문대파라고 할지라도 나이 열여섯 살에 이 정도 수준에 오른 이는 많지 않기 때문이다.

그런데 직접 부딪쳐 본 그녀의 무위는 알려진 것보다도 더 대단했다.

절정의 수준이었기 때문이다.

그러나 완전한 절정의 경지가 아니기도 했다.

그녀가 열여섯 살의 나이에 절정의 경지에 올랐다고는 하지만, 그것은 그녀의 죽은 스승 덕분에 얻은 내공 덕분인지라 완전한 것은 아니었다.

즉, 정상적으로 경지에 올랐다기보다는 막강한 내공으로 경지에 올랐다고 해야 할까?

그래도 강한 것은 강한 것이다.

그래서 이렇게 추격전이 펼쳐진 것.

하지만 이렇게는 안 된다고 판단한 여이빙은 이들 세 명을 여기서 처치하기로 결심했다.

"나잇살이나 드시고서 저 같은 어린 여아를 핍박하다니. 그렇게 부끄러워서 복면을 쓰고 다니는 거겠죠? 홍! 비루한 개 같은 작자들 같으니."

그녀의 입에서 앙칼진 독설이 쏟아져 나오자 복면인

중 하나가 분노한 듯 달려들었다.

검을 횡으로 들고서 빠르게 달려들어 찌르는 그 모습은 몹시도 위협적이었고, 내력 역시 충만한 듯 보였다.

그러나 그것은 여이빙이 의도한 것이었다.

쐐액!

그녀가 들고 있던 두 자루의 비수가 달려들던 자를 향해 마치 번개처럼 날아갔다.

검을 들고 찌르기의 자세로 달려들던 자는 대경실색하여 검을 들어 두 비도를 쳐내어야 했다.

그러나 그것은 그의 신경을 분산시키기 위한 사전 공격이었을 따름이다.

비도의 뒤로 바싹 다가선 여이빙의 섬섬옥수가 비도를 튕겨내느라 자세가 흐트러진 흑의 복면인의 늑골을 때리고 있었던 것이다.

우드득!

"크악!"

늑골 뼈가 부러지면서 나는 기괴한 소리와 함께 크나큰 비명이 울려 퍼졌다.

달려들던 흑의 복면인은 피를 토하며 나가 떨어져 신음을 흘려야 했다.

"흥. 정말이지 부끄러움을 모르는군요?"

"네 이년!"

"이년이라고 부르지 마시죠? 개새끼들에게 욕을 들으니 귀가 썩을 것 같네요."

그녀의 독설은 가히 신공절학급이라고 할 만했다. 그러나 남은 둘은 섣부르게 움직이지 않았다.

사삭.

양옆으로 흩어진 그들은 여이빙을 중심으로 정확히 반대 양쪽에 섰다.

양쪽에서 합공을 하려는 것이다.

"큭."

여이빙은 신음을 흘렸다.

그녀는 최초의 격전 때 일곱 명을 감당하느라 적지 않은 내공을 소모해 버렸다.

독을 써서 네 명을 무력화시키고 탈출하고 추격전을 벌이며 여기까지 오느라 또다시 내공을 꽤 사용한 상황.

게다가 내공뿐만 아니라 육체적인 체력도 현재 그리 좋은 상태가 아니었다.

방금 흥분해서 달려든 자는 너무나도 쉽게 빈틈을 내주어 처리할 수 있었지만, 양쪽의 흑의 복면인이 만전의 태세로 견제하며 힘을 빼듯이 공격해 온다면 그녀로서는 무척이나 위험하다고 볼 수 있었다.

상대의 경지는 분명 그녀보다 낮다.

하지만 이미 그녀는 지쳤지만 저들은 지치지 않았으니 문제인 것이다.

스륵.

흑의 복면인 둘.

그들은 짧은 단봉 두 개를 꺼내어 손에 들었다.

그것은 괴라고 부르는 무기다. 괴는 대략 이 척 정도의 길이의 단봉에 수직으로 손잡이가 나 있는 무기를 말한다.

이 괴는 공격하기에도 좋고 방어하기에도 좋은 무기다.

다만 단봉이기 때문에 뼈를 부수거나 근육을 파열시키는 방식이라 살상력은 검에 비하면 높지 않다고 보아야 했다.

물론 내력을 실으면 이 괴를 사용해도 충분한 파괴력과 살상력이 나온다.

하지만 지금같은 상황에서는 적절한 무기라고 할 만했다.

그들의 목적은 그녀를 포획하는 것이니 말이다.

두 명은 주변을 빙글빙글 돌기 시작하더니, 이윽고 동

시에 그녀를 향해 뛰기 시작했다.

그리고 그 순간.

좌측에서 뛰었던 이를 향해 어둠 속에서 단검 하나가 날아들었다.

그것은 그리 빠르지도; 느리지도 않았으나 몹시 절묘한 순간에 날아들었다.

『의원귀환』 2권에 계속…

이제부터 전자책은

이젠북

www.ezenbook.co.kr

새로운 세계가 열린다!

한백림 『천잠비룡포』 천중화 『그레이트 원』

좌백 『천마군림』 송진용 『몽검마도』

현대백수 『간웅』 김석진 『더블』

김정률 『아나크레온』 백연 『생사결-영정호우』

임준후 『켈베로스』 예가음 『신병이기』

진산 『화분, 용의 나라』 남운 『개방학사』

이름만 들어도 황홀할 정도의 별들의 향연!

이들의 "유료연재"가 시작됩니다!

허담 新무협 판타지 소설
FANTASTIC ORIENTAL HEROES

수선경

작은 샘이 바다로 모여들 듯,
만류의 법이 하나로 회귀하듯,
다섯 개의 동경이 드디어 하나로 모인다.

검을 만드는 사람과
검을 쓰는 사람,
그리고 검을 버리는 사람의 이야기!

천명을 타고 태어난 **청풍**과 **강검산**
그리고 혈로를 걸어온 살수 **타유**,
그들이 다섯 줄기의 피의 숙명과 마주한다.

Book Publishing CHUNGEORAM

유행이 아닌 자유추구 -
WWW.chungeoram.com

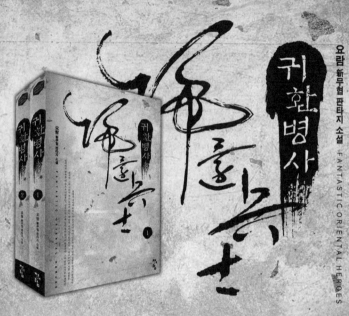